AF587089

Catherine Lavaud

Neuf mois à attendre

Chroniques d'une grand-mère angoissée

À Fille Chérie,
Petit Bébé
Et Gendre Idéal,
avec tout mon amour

Conception graphique de la couverture :
Catherine Lavaud

Photo couverture & auteure : Patrick Lavaud

Modèle femme enceinte : Maëva Lavaud

L'avis des lecteurs

Alors accrochez-vous, parce que ce que je viens de lire est énorme.

L'humour de l'autrice, les comparaisons, les situations tournées en dérisions ... tout est sublimement écrit, d'une plume accrocheuse et vous transporte dans l'aventure de ces neufs mois de grossesse.

@harweenlyra

J'ai trouvé ce témoignage touchant et tellement vivant. Nous avons l'impression de partager tous ces moments et de vivre cette grossesse en direct. J'ai vibré avec les personnages et je suis passée par toutes les émotions avec eux, entre joie, inquiétude et tristesse aussi suite à certains événements. L'autrice nous partage ce vécu de façon intimiste, nous donnant l'impression d'être à ses côtés et c'est la grande force de cet ouvrage. En tous les cas, j'ai vraiment vécu une expérience touchante en lisant son livre et je l'en remercie.

@yumiko

Voici le second livre que je lis de Catherine Lavaud et c'est encore un petit coup cœur.

Ce qui m'a le plus plu c'est l'humour de cette maman. Son imagination est incroyable et ses réflexions savoureuses. J'ai bien ri en lisant cet ouvrage et cela fait un bien fou.

@Joe Jacs

J'ai suivi avec beaucoup d'émotions le récit de l'autrice. Elle raconte avec beaucoup de sensibilité, d'émotions, j'ai souvent souri comme j'ai souvent été émue.

Le style est très bon, très fluide, elle raconte très bien, les chapitres sont courts, ce qui donne beaucoup de rythme à la lecture. À la fin de chacun, il y a le petit décompte, le compte à rebours jusqu'au jour J de la naissance. J'ai trouvé que ça rajoutait une petite dose de suspense.

@Marie Nel

Samedi 28 août 2021

Quand j'ai reçu le SMS de Fille Chérie nous invitant à un petit goûter, franchement, j'aurais dû me douter de quelque chose.

Et quand, en toute innocence elle a rajouté :

— Ah, au fait, j'ai aussi invité mamie !

J'aurais dû savoir que le ciel allait me tomber sur la tête.

À la fin du « petit goûter », Ours d'Amour était détendu. Moi aussi. J'ai commencé à sentir le vent tourner lorsque Gendre Idéal s'est levé et m'a collé entre les mains une jolie petite boîte en bois exotique en me disant :

— C'est pour vous.

Après un rapide inventaire des fêtes et anniversaires que j'aurais pu louper, je me suis décidée à ouvrir délicatement son cadeau, pour y découvrir, nichée sur un douillet petit nid de plumes blanches… une adorable petite sucette.

Alors celle-là, je ne l'avais pas vue venir. Ma mâchoire s'est décrochée, celle d'Ours d'Amour est remontée d'un cran, le temps d'intégrer l'information dans notre banque de données familiale, et nous nous sommes précipités comme deux pingouins en mal de banquise dans les bras de Fille Chérie en bramant à qui voulait bien entendre :

— Un bébé ? Tu… vous attendez un bébé ?... Waouh, alors ça… mais c'est super !

Un jour, j'avais dit à Fille Chérie :

— Si un jour tu attends un bébé, tu ne me fais pas le coup de ton frère !

Car quand était venu le temps, pour Fils Adoré de m'annoncer qu'il allait être papa il avait eu, à l'époque, la même démarche que Fille Chérie. Il avait invité ses parents à « venir manger ». Mais lorsque, après le repas il m'avait offert un paquet de café Grand-Mère, j'étais restée plantée là comme une cruche à me demander bêtement pourquoi mon fils m'offrait du café alors que j'en avais déjà plein mes placards. Avant de remarquer, au dos du paquet, la photo de la première échographie de Petite Fille, où, il faut bien l'admettre, elle ressemblait plus à une crevette pêchée à marée basse qu'à un futur bébé.

Discrètement j'essuie la petite larme qui coule sournoisement de mon œil gauche. Tout le monde est euphorique, et personne n'a rien remarqué, si ce n'est Mère Eternelle qui, si elle n'entend plus trop, y voit toujours aussi bien. En douce, elle m'adresse ce sourire content, mais un rien ironique qui veut dire :

— Aah, ma vieille, c'est à ton tour de t'y coller…

Je jette un coup d'œil discret à Gendre Idéal qui est là, béatement assis sur sa chaise, des étoiles au fond des yeux, et l'avenir en 3D déployé devant lui. Ça y est. Il s'y voit déjà, à pouponner… Jusqu'à ce qu'Ours d'Amour le ramène brutalement à pieds joints dans la réalité :

— Au fait, et tu veux y assister, toi, à l'accouchement ? Parce que moi, je me souviens…

Patatras ! Le sourire radieux a dégringolé d'un étage et les petites étoiles ont filé dans leur galaxie, à l'autre bout de la planète. Gendre Idéal bredouille :

— Heu…

Avant qu'Ours d'Amour ne poursuivre sans rien remarquer :

— En fait, il y en a qui tombent dans les pommes. Mais le secret, tu vois, c'est de ne pas trop regarder au moment fatidique, parce que…

Ça y est. Là, on a carrément perdu Gendre Idéal qui file se réfugier dans la cuisine. Fille Chérie fusille son père du regard :

— Papaaa ! Non, mais franchement, t'abuses ! Regarde, tu lui as fait peur, il est parti !

Ours d'Amour, qui était à cent lieues d'imaginer qu'il pouvait être la cause d'un tel tracas cligne des yeux comme un hibou sous le soleil :

— Ben quoi ? J'ai rien dit de choquant !

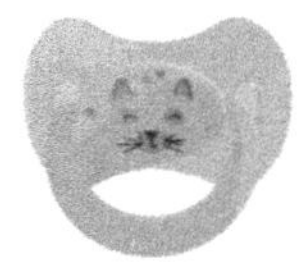

Fille Chérie, toute contente, me fait voir, sur son smartphone une superbe application où elle peut visualiser son bébé en trois dimensions. Aujourd'hui, me dit-elle, il a la taille d'un grain de riz. Mais je peux choisir ce que je veux, entre des graines de plantes, des animaux… Et elle me fait défiler toute une galerie de personnages incroyables.

Toi, Petit Bébé, aujourd'hui, tu as la taille d'un grain de riz (ou d'un bébé coccinelle, c'est plus poétique) et officiellement, tu viens d'entrer dans notre famille. Personnellement, je n'aurais jamais imaginé qu'un grain de riz pouvait être source d'autant d'émotion.

Je suis abasourdie par l'évolution de la technologie en un peu plus de vingt ans. Quand Fille Chérie est née, à l'époque des dinosaures, donc, il n'y avait rien de tout cela, et j'avais dû me contenter d'une toute petite échographie en noir et blanc, si minuscule qu'on ne reconnaissait absolument pas un bébé dans la mauvaise qualité du cliché. Mais je m'estimais très heureuse, car ma mère, elle, à l'époque de la création du monde, n'avait que le stéthoscope du médecin plaqué sur son ventre rebondi pour savoir si tout allait bien. La pauvre avait passé toute sa grossesse à se demander ce qui allait naître. Garçon ou fille ? Moi, je savais au moins cela.

Ce soir, je me suis endormie comme une masse. Trente secondes chrono avant que Morphée ne m'emmène au pays des rêves. Pour me réveiller vingt minutes plus tard avec l'impression d'avoir fini ma nuit. J'attrape tout doucement ma liseuse, cadeau de Noël d'Ours d'Amour et je commence à lire, tandis qu'à mes côtés, il dort tranquillement d'un sommeil sans rêves.

Deux cent quatre-vingt-cinq jours…
moins vingt-sept jours !

Dimanche 29 août 2021

Huit heures. Ours d'Amour saute hors du lit comme s'il avait vingt ans. Moi, comme si j'en avais cent. J'ai dormi dans la même position et j'ai la jambe tout ankylosée. Il faut dire aussi que Chatte Exclusive n'y est pas pour rien. Je ne sais pas lequel de nous deux lui a donné l'habitude de dormir avec nous, mais depuis qu'elle est bébé, elle squatte notre lit comme si c'était sa niche. Elle adore dormir la tête posée contre quelque chose qui s'avère être, en l'occurrence, ma jambe. Et moi, comme une idiote, je n'ose plus bouger afin de ne pas l'indisposer. C'est pourquoi ce matin, je ressemble à un bout de bois qui veut faire de la gymnastique.

Pendant qu'Ours d'Amour sifflote dans la salle de bain comme si tout allait bien, mon radar m'entraîne vers la cuisine. En attendant que le café passe, je prépare le petit déjeuner. C'est dimanche, jour des croissants. Depuis que Fille Chérie est lâchement partie de la maison pour vivre sa vie de Fille Adulte, c'est un petit plaisir que nous nous sommes instaurés. Le nez dans mon café, j'essaie péniblement de dissiper les brumes matinales qui encombrent encore mon cerveau endormi, quand Ours d'Amour, en voyant ma tête de zombie demande :

— Qu'est-ce que tu as ? Tu n'es pas contente d'être grand-mère ?

Ça, c'est toujours ce qui m'énerve chez lui. Dès qu'il a les yeux ouverts, hop, il fonce dans la vie sans un regard en arrière, tandis que moi, tant que je n'ai pas bu mon café, je me traîne lamentablement comme un escargot asthmatique. Je grommelle une réponse toute faite et attrape mon téléphone portable. Un SMS de Fille Chérie vient d'arriver, et je ne peux pas attendre avant de savoir ce qu'elle me veut.

— Mamoune, à quoi ça sert, une déclaration de grossesse ?

Je souris. Fille Chérie, dans son innocence des premières heures, ne voit absolument pas l'intérêt de déclarer la venue de son bébé au monde entier.

Je n'ai jamais compris comment mes enfants pouvaient taper aussi vite et sans faire de fautes sur ce fichu clavier de téléphone. Moi, j'ai à peine le temps d'écrire deux lignes qu'ils m'ont déjà pondu une nouvelle de dix pages. Je lui explique donc brièvement, en corrigeant mes fautes de frappe tous les deux mots à quoi va lui servir cette déclaration, en espérant qu'elle ne me pose pas ses questions en rafale, sinon mes SMS vont vite ressembler au Titanic.

— Quoi, Mamoune, tu veux dire que la prise de sang que je viens de faire là, il va falloir que je la recommence tous les mois ? Ah, non, mais tu es vraiment sûre ?

— C'est normal. Il faut prendre soin de toi et de ton bébé.

Ton bébé. En écrivant ces deux petits mots, cela me fait tout drôle. *Mon* bébé, à son tour, va avoir *son* bébé. J'ai encore du mal à réaliser. Quand est-ce que Fille Chérie a suffisamment grandi pour devenir mère à son tour ? Comment ai-je pu laisser s'échapper le temps aussi rapidement ? Ces petits fils d'argent qui parsèment mes cheveux autrefois si bruns ont-ils fini par coloniser ma chevelure sans que je m'en aperçoive ? C'est bizarre, pour Petite Fille, je n'avais pas eu l'impression de voir le temps filer aussi vite. Et là, pour Petit Bébé, je me dis que la roue du temps s'est emballée et que je n'ai peut-être pas profité de mes enfants autant que je l'aurais voulu.

Pour me remonter le moral, je l'invite à manger pour le lendemain midi. Fils Adoré sera là avec Petite Fille.

— D'accord, maman, avec plaisir. Mais tu ne fais pas n'importe quoi à manger !...

Mais enfin, comme si j'avais l'habitude...

Dans l'après-midi, je regarde la petite story sur l'Instagram de Fille Chérie. J'aime bien regarder ces petits bouts de vie qui me donnent l'impression qu'elle est toujours là, à mes côtés. Elle a mis la photo d'un petit chat qui ne dort pas, avec, en commentaire :

5 h 37
So tired…

Deux cent quatre-vingt-cinq jours…
moins vingt-huit jours !

Lundi 30 août 2021

Ce matin, coup de téléphone de Fils Adoré. Comme d'habitude, je ne comprends pas un traitre mot de ce qu'il me raconte. Il a la sale habitude de téléphoner en voiture de son Bluetooth, et entre les parasites et les crachotements, je comprends un mot sur deux. Enfin, je finis par capter qu'il a fait livrer des fleurs pour sa sœur et que je dois surveiller la fleuriste qui ne va pas tarder à arriver.

Je ne comprends pas pourquoi il fait livrer des fleurs alors qu'il arrive, avant de me souvenir qu'il a un abonnement annuel et que le coût de livraison lui est offert. Je me refuse à savoir à qui il offre autant de fleurs, car ce n'est sûrement pas à sa mère.

Dix minutes après, Fille Chérie arrive, toute pimpante, magnifique dans sa belle robe couleur de lune. J'ai toujours envié à Fille chérie sa silhouette longiligne qui lui permet de s'habiller d'un souffle de vent. Moi, une fois que j'ai mis le magasin de prêt à porter sens dessus dessous, affolé les vendeuses dans les cabines d'essayage avec mes monceaux de vêtements, et tout reposé en vrac en sortant, je repars tête basse sans avoir trouvé robe à ma taille.

Quand la camionnette de la fleuriste arrive, je propulse Fille Chérie sur le devant de la scène. Tout émue, elle emporte le joli bouquet jusque dans la maison, et en passant à ma hauteur, elle me montre le petit mot que Fils Adoré a écrit pour elle, quelques petites phrases douces comme une berceuse et si poétiques :

« Félicitations à vous deux, pour ce futur vous trois… »

Fille Chérie essuie discrètement une petite larme. Il n'y a pas à dire, les chiens ne font pas des chats.

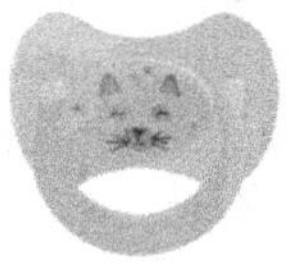

Petite Fille arrive. Elle a encore grandi. C'est fou ce que les enfants poussent vite, ou alors, c'est moi qui rapetisse. J'aime avoir autour de moi ce joyeux brouhaha, ces échanges frère, sœur, famille. Cela me ramène à un temps où la maison retentissait de leurs cris, et de leurs chamailleries. Éclats de rires et coups de gueule faisaient alors vivre un foyer qui, depuis qu'ils sont partis, connaît bien trop souvent des jours sans soleil.

Fille Chérie m'annonce qu'elle a appelé sa sœur pour lui annoncer la nouvelle, et que Fille Bien Aimée, à l'autre bout du monde, a, elle aussi, pleuré. Décidément…

Fille Bien Aimée a quelques années de plus que Fille Chérie, et elle a décidé, un beau jour, d'aller vivre à mille années-lumière de mon cœur : à Paris. Elle est partie en emportant dans ses bagages une part de moi-même, cette petite part-là qui se sent triste quand des nouvelles comme celles-là lui sont annoncées à distance et que je ne peux pas partager ma joie en la serrant dans mes bras.

Fille Chérie nous raconte comment sa belle-mère a été heureuse de cette grande nouvelle. Lorsque Gendre Idéal lui a offert, dimanche dernier, la même sucette qu'à nous, il parait qu'elle en est tombée de sa chaise, et qu'elle a poussé des hurlements de joie qui se sont entendus jusqu'en Avignon. Ours d'Amour, qui a toujours le mot pour rire, a demandé à Fille Chérie pourquoi ils n'avaient pas offert plus tôt une sucette à Belle-Maman Adorable vu la joie que cela lui procurait.

La journée est passée beaucoup trop vite. Fils Adoré est reparti avec Petite Fille, et Fille Chérie est rentrée chez elle dormir avec Petit Bébé. Ours d'Amour et moi-même nous sommes brusquement sentis bien seuls.

Deux cent quatre-vingt-cinq jours…
moins vingt-neuf jours !

Mardi 31 août 2021

Aujourd'hui, je l'avoue, je me suis inscrite sur Vert Baudet. Je suis émerveillée. À l'époque des dinosaures, quand j'attendais Fille Chérie, les futures mamans devaient se contenter d'un catalogue papier, qu'elles attendaient désespérément pendant des jours. Ensuite, elles patientaient au moins une décennie entière avant de recevoir leur commande. Là, j'ai voyagé au pays des nounours et des barboteuses à la vitesse de la lumière. Je me suis peut-être attardée un peu trop longtemps, car le matin a filé à la vitesse d'un cheval au galop.

Ours d'Amour a râlé que j'avais passé ma matinée sur internet et que je n'avais pas fait le ménage… ni le repas. J'ai vendu chèrement ma mauvaise foi en lui affirmant qu'il était impossible de passer à côté du doudou du siècle, et que comme je voulais quelque chose de vraiment exceptionnel, je devais y consacrer le temps qu'il fallait. Et pour preuve de mon imparable excuse, je lui colle sous le nez la photo d'un petit chat absolument craquant en enfonçant le clou :

— Regarde, ta fille adore les chats, et ce doudou ressemble trop à Chatte Merveilleuse, elle va l'adorer.

Ours d'Amour est reparti ronchonner dans sa caverne. Moi j'ai acheté le doudou.

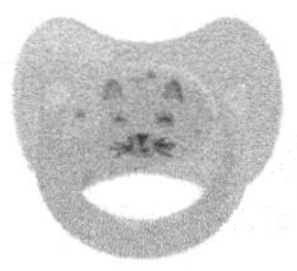

Cet après-midi j'ai téléchargé l'application de Fille Chérie qui lui permettra de suivre l'évolution de Petit Bébé. En douce. C'est ma petite folie à moi, parce que j'aurais bien aimé, moi aussi, avoir une telle application pour suivre le développement de mes propres enfants. J'ai joué pendant une heure à « jour, nuit » en changeant la perspective de Petit Bébé. Selon mon humeur, il est devenu tour à tour graine de pavot, puis grain de riz, avant de se transformer en fourmi, puis en abeille, en passant par la myrtille, le macaron et le chocolat. Je me suis amusée comme une petite folle.

Fille Chérie m'a dit qu'elle voulait accoucher naturellement, en piscine et qu'elle allait devoir s'inscrire longtemps à l'avance. Bizarrement, ça m'a encore renvoyé au temps des dinosaures. Lorsque j'attendais Fils Adoré, on parlait bien sûr des cours d'accouchement sans douleur. On disait que c'était très bien, et on encourageait vivement les futures mamans à s'y inscrire. Sauf que quand j'ai voulu le faire, cela n'existait pas dans ma ville, et si j'avais voulu y participer, j'aurais dû parcourir quatre-vingts kilomètres pour m'y rendre.

Fils Adoré est donc arrivé à l'ancienne, c'est-à-dire comme j'ai pu. Pour Fille Bien Aimée, je n'ai pas eu à me poser la question, elle est venue sans prévenir entre une heure et une heure dix du matin. Aussi, pour Fille Chérie, et même si on m'avait dit que, pour le troisième bébé, cela ne servirait à rien, parce que j'accouchais « en connaissance de cause, » je me suis payé le luxe de la péridurale, qui était, parait-il, une toute nouvelle méthode pour accoucher comme on fait son jogging. Je pense que ce devait être la première péridurale que pratiquait l'anesthésiste sur une femme enceinte. Elle a très bien fonctionné sur ma jambe, que je n'ai plus senti pendant trois jours et qui est restée raide durant huit jours. Ma jambe ne se souvient plus des heures d'angoisse à me demander si je n'allais pas rester paralysée pour le reste de mon existence, ma mémoire, si.

Deux cent quatre-vingt-cinq jours…
moins trente jours !

Dimanche 5 septembre 2021

Veine, aujourd'hui je n'ai rien à faire. Juste à profiter de mon dimanche. Il y a un petit moment que cela ne m'est pas arrivé et tout en préparant le petit déjeuner, j'allume mon téléphone, qui ne tarde pas à m'avertir de l'arrivée d'un message de Fille Chérie.

— Maman… tu es réveillée ?

Oh, que je n'aime pas ça. En règle générale, quand mes enfants me demandent si je ne dors pas, c'est qu'il y a anguille sous roche, et qu'ils ont besoin de moi. Machinalement, je jette un regard à la pendule : neuf heures. C'est bien tôt, cela pour un dimanche matin. Fille Chérie devrait être encore au lit, à couver Petit Bébé. Je vérifie l'heure d'envoi : huit heures vingt-trois.

Aïe ! Ça ne sent pas bon du tout. Mes radars maternels se déploient à une vitesse supersonique tandis qu'une boule d'angoisse se forme au creux de mon estomac. Malgré tout, j'envoie un petit smiley tout souriant :

— Oui. Tu veux quelque chose ?

Pas de réponse.

Serait-il arrivé quelque chose à Petit Bébé ?

Comme il n'y a aucune raison pour que je m'inquiète toute seule, dès qu'Ours d'Amour pose le bout du pied dans la cuisine, et sans lui laisser le temps de s'asseoir, je lui transmets tout mon tourment. À son tour il s'alarme :

— Elle ne t'a pas répondu ?

— Non.

— Renvoie-lui un SMS. Elle n'a peut-être pas reçu le premier ?

Je m'exécute. Rien. Toujours aucune réponse. J'ai le temps de faire le ménage avant que Fille Chérie ne m'envoie un message :

— Désolée, j'ai fait un passage aux urgences ce matin parce que j'ai perdu du sang et que j'ai mal au ventre.

Heureusement qu'il y a une chaise à proximité pour soutenir mes jambes flageolantes, sinon la terre s'écroulait sous moi. Fébrilement je poursuis ma lecture :

— Ils ont dit qu'il n'y avait rien à faire pour l'instant. À l'échographie, ils n'ont rien trouvé, même pas de poche amniotique. Je verrai avec la sage-femme demain.

En appelant Fille Chérie, c'est à ce moment précis que je mesure toute la décadence de notre mère patrie. Nous habitons une ville moyenne d'environ six mille habitants, mais il n'y a pas de maternité sur place et les urgences sont limitées à leur strict minimum. Fille Chérie doit faire une quarantaine de kilomètres pour se rendre dans un service de gynécologie. Un dimanche matin, elle n'avait pas très envie.

Quant à moi, ma journée qui s'annonçait radieuse vient brutalement de me projeter dans l'œil du cyclone. Et je ne peux m'empêcher de faire le parallèle entre mes trois grossesses qui se sont passées sans que je m'en aperçoive, ou si peu, et celle de Fille Chérie qui commence bien mal.

À midi, je n'ai plus d'ongles. Je les ai tous rongés comme un lapin, et si j'avais été plus souple, je me serais attaquée à ceux des pieds.

Vingt heures. Je n'ai pas faim. Je grignote du bout des lèvres un morceau de tomate avant de m'écrouler sur le canapé. Le film est insipide, et je passe ma soirée sur les forums d'internet afin de tenter de comprendre l'incompréhensible.

Mais internet n'a pas que du bon et je vais me coucher encore plus déprimée.

Deux cent quatre-vingt-cinq jours…
moins trente-cinq jours !

Lundi 6 septembre 2021

Cinq heures du matin. Ours d'Amour dort paisiblement, Chatte Exclusive douillettement lovée dans son cou. J'attrape doucement ma tablette et je commence à lire un roman dont, une heure après, je n'ai pas retenu une seule ligne.

Fille Chérie a rendez-vous avec la sage-femme à neuf heures ce matin.

Pourquoi ne travaille-t-elle donc pas la nuit ? Après tout, il y a plein de personnes qui œuvrent pendant que les autres dorment. Pourquoi pas ce corps de métier là ?

Après un sommeil nerveux entrecoupé de phases d'angoisses, je me réveille de nouveau. Sept heures et huit minutes. Ours d'Amour dort toujours.

Sept heures trente. Ça suffit, je me lève, comme une femme de quarante ans, les muscles encore endormis. Ours d'Amour, comme un jeune homme de vingt ans, même si, trente secondes auparavant, il dormait toujours. Parfois, il m'énerve.

J'ai moi-même un rendez-vous ce matin, et je ne peux pas accompagner Fille Chérie qui, à dix heures, n'a toujours pas répondu à mon SMS désespéré. L'angoisse me serre la gorge et m'empêche de respirer. Une heure de rendez-vous, ce n'est pas normal. C'est à ce moment précis que la théorie de la relativité d'Einstein me percute de plein fouet. Le temps, pour les moments de joie passe plus vite que l'éclair, tandis que celui, pour les moments sombres, s'étire à loisir comme un gigantesque élastique.

Dix heures dix, je reçois enfin le message tant attendu de Fille Chérie :

— Je viens juste de sortir. Je dois filer au laboratoire et à la pharmacie, et demain, infirmière.

Ça y est ! Le ciel vient de me dégringoler sur la tête, et la Galaxie par-dessus. Mon texto, inquiet :

— Pourquoi ?

reste sans réponse. Puis, enfin, les explications arrivent :

— Parce qu'on doit me faire une injection de Rophylac en urgence et qu'il faut refaire une prise de sang en urgence également.

Et elle rajoute une petite phrase, avec un petit smiley qui pleure :

— Je me sens seule et perdue.

qui déchire brutalement mon cœur de maman comme un tissu trop longtemps porté et j'étouffe de sanglot. Sans plus réfléchir, je saute dans ma voiture, et je file rejoindre Fille Chérie au laboratoire.

Longtemps nous restons sur le parking à discuter. Je tente d'apaiser son angoisse, mais je suis autant perdue qu'elle. Le laborantin, inquiet de nous voir stationner si longtemps sur le parking sort et vient aux nouvelles. Nous lui expliquons la situation, et gentiment, il tente de nous rassurer. Cet après-midi, j'appellerai quand même Gentil Médecin pour lui demander des éclaircissements sur ce fameux médicament à prendre en urgence et qui ne semble pas si anodin que cela.

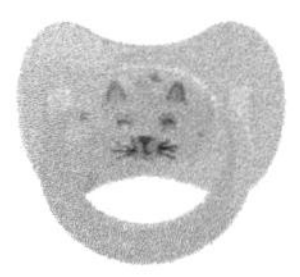

Finalement, ce médicament est prescrit pour prévenir les éventuelles fausses couches ou encore lorsqu'il y a incompatibilité entre rhésus positif et rhésus négatif. Et pour qu'il soit efficace, il doit être administré dans les soixante-douze heures. Je me permets quand même de plaisanter avec Fille Chérie en lui disant que moi, j'ai eu trois enfants, dont deux avec un rhésus positif alors que le mien était négatif, et que je n'ai pas fait autant d'histoires.

Fille Chérie est plus détendue. Tant mieux. Nous sommes dans les temps, et nous croisons les doigts. Plusieurs doigts croisés, cela doit être plus efficace que deux seulement, non ?

C'est fou ce qu'un petit grain de riz peut causer comme tracasseries. Je n'aurais jamais cru.

Deux cent quatre-vingt-cinq jours…
moins trente-six jours !

Vendredi 10 septembre 2021

J'ai passé une partie de la matinée à chercher des trèfles à quatre feuilles dans le jardin. Évidemment je n'en ai pas trouvé. J'espère que les doigts croisés suffiront. De toute façon, mes ongles n'ont pas encore repoussé, je n'ai plus rien à ronger, si ce n'est mon frein.

Fille chérie a rendez-vous pour sa première échographie lundi prochain à midi. Celle faite aux urgences ne compte pas, le médecin n'a rien vu, même pas la poche amniotique. Ce qui me semble impensable. Bien sûr, je tente de relativiser, et comme il l'a dit lui-même à Fille Chérie, il n'a pas été formé en obstétrique. Mais quand même. La théorie de la relativité d'Einstein me colle à la peau comme le sel de la Méditerranée. Je n'arrive pas à m'en débarrasser.

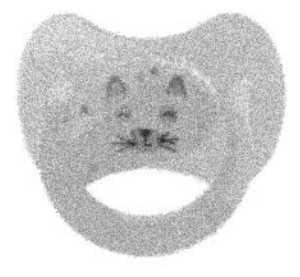

Fille Chérie a eu son injection de Rophylac et depuis lundi, Petite Coccinelle, douillettement lovée dans son cocon protecteur se fait oublier. Mais les jours se traînent en longueur, chaque journée compte pour dix ans et si le temps continue à s'étirer de la sorte, d'ici lundi, je serai momifiée.

Deux cent quatre-vingt-cinq jours…
moins quarante jours !

Lundi 13 septembre 2021

Fichu sommeil, quand il prend la poudre d'escampette ce n'est pas la peine de lui courir après. Les heures deviennent des siècles, les minutes se transforment en heures et les secondes ressemblent étrangement à des minutes. J'ai terminé ma nuit le nez sur ma liseuse, planquée sous la couette pour ne pas réveiller Ours d'amour, avec Chatte Exclusive qui, de temps à autre, passait une tête curieuse sous les draps, en se demandant ce que je pouvais bien fabriquer au lieu de dormir.

Fille Chérie a rendez-vous à midi pour son échographie. Gendre Idéal l'emmènera et cela me rassure de savoir qu'elle ne sera pas toute seule. Vous parlez d'une heure, vous, au moment de manger. Franchement. De nos jours, la sacro-sainte pause méridienne n'est absolument plus respectée.

La matinée tire en longueur. J'ai l'impression d'avoir décroché la promotion de la semaine : deux pour le prix d'un. Finalement, quand j'ai réussi l'exploit de rentrer deux matinées dans une, voire trois, je finis enfin par recevoir le message tant attendu de Fille Chérie.

— Examen terminé. Tout va bien, on a entendu son cœur.

Je ferme les yeux et je souffle tout doucement tandis qu'Ours d'amour, à mes côtés s'alarme à son tour, car je n'ai pas lu le message à haute voix :

— Ça ne va pas ? Qu'est-ce qu'elle dit ?

Rassuré à son tour, nous contemplons, tout émus, la photo que Fille Chérie, toute contente, vient d'envoyer sur Messenger et qui représente un petit haricot, douillettement niché dans son refuge maternel.

Deux cent quatre-vingt-cinq jours…
moins quarante-trois jours !

Dimanche 26 septembre 2021

Oups, je l'avais complètement oublié, celui-là !

Lorsque Fille Chérie m'a téléphoné ce matin pour me demander si je n'avais pas un sac à dos à lui prêter, bêtement, je lui ai demandé pourquoi. Du coup, je me suis faite houspiller :

— Enfin, maman, quoi, t'abuses ! On s'en va demain après-midi. Tu as oublié ?

— Demain ?... Tu vas où ?

— Mamaan ! Quand même, là tu exagères. On s'en va à Porto, enfin quoi.

Avec les évènements des derniers jours, effectivement, j'ai complètement oublié qu'ils partaient en voyage de noces… et l'avion qu'ils doivent prendre. Lorsqu'ils avaient réservé leur voyage, Petit Bébé n'était pas encore prévu au programme.

Mais là, Ours d'Amour s'y opposait, moi, je n'étais pas franchement d'accord, surtout avec les problèmes de santé de Fille Chérie de ces derniers temps. Mais elle s'est renseignée, et après plusieurs avis médicaux, il n'y a, parait-il, aucune contre-indication.

Sauf que l'avion, on sait quand il part, mais pas toujours s'il atterrit… ni où !

Même Mère Eternelle avait aussi apporté son avis éclairé en disant que non, décidément, ce n'était pas raisonnable et que pour elle, du temps de la création du monde, les voyages de noces n'existaient pas, ou que chez les riches…

Je soupire. Les voyages forment la jeunesse, dit-on. Sauf que c'est bizarre, mais je préférais largement l'époque où ils me formaient, moi. C'était beaucoup plus marrant.

Deux cent quatre-vingt-cinq jours…
moins cinquante-six jours !

Lundi 27 septembre 2021

Fille Chérie et Gendre Idéal sont passés nous faire un petit coucou avant de partir pour l'aéroport. Ils sont magnifiques tous les deux et resplendissent de bonheur. Je voudrais pouvoir arrêter le temps et faire qu'ils ne partent pas. Mais le temps poursuit sa course effrénée sans tenir aucun compte de mon humble avis, et l'espace d'un battement de cils, ils sont déjà partis.

Heureusement que les téléphones portables existent. Je rends grâce à son génial inventeur, Martin Cooper, qui a dû le créer en pensant à sa vieille maman afin de lui éviter les inévitables crises d'angoisse quand il s'éloignait d'elle. Ça, c'est sûr. C'est comme cela que j'ai su qu'ils étaient arrivés à bon port, sans encombre et en entier. Pas de crash au fond d'une vallée froide et lugubre, pas de pilote assez fou pour envoyer son avion percuter la plus haute montagne de la planète, et les pirates de l'air ont eu la délicatesse de jeter leur dévolu sur une autre compagnie aérienne. Tout va bien. Enfin, presque.

Comment diable faisait Mère Eternelle pour continuer à vivre quand je partais en vacances durant des jours sans donner de nouvelles, faute de cabines téléphoniques ?

J'ai quand même trouvé le moyen de ronger mes ongles à peine repoussés quand j'ai su qu'il faisait nuit et qu'ils n'avaient toujours pas trouvé leur hôtel. Seuls, perdus dans une ville inconnue et sans parler la langue, je me suis bêtement imaginé qu'ils allaient se faire piétiner par un King Kong américain, brusquement surgi du passé cinématographique de la RKO Pictures. Finalement, après avoir été rackettés par un chauffeur de taxi indélicat, après avoir marché, dans le noir, pendant de longues, de très longues minutes, ils ont fini par arriver à leur location. Vivants, et toujours entiers. Fille Chérie s'est plainte :

— La dame est très gentille, seulement c'est très bruyant. Ce n'est pas une plaisanterie, elle nous a donné des boules Quies pour que l'on puisse dormir. Du coup, même si je suis fatiguée, ça m'étonnerait que j'arrive à fermer l'œil cette nuit, moi.

Égoïstement, j'ai été très soulagée que l'apocalypse se résume à de simples bouchons d'oreilles, car j'imaginais déjà un gorille géant, perché sur le toit du B&B[1], faisant voler la toiture aux quatre coins de la galaxie afin d'extirper les pauvres humains réfugiés dans la salle commune, pour les croquer tout cru, malgré leurs cris d'effrois. Mais je n'ai pas eu longtemps à me projeter dans cette scène

[1] B&B : chambres et maisons d'hôtes

cauchemardesque avant de recevoir un nouveau message de Fille Chérie assorti d'un petit smiley qui pleure :

— On n'a rien à manger. Il n'y a pas de commerces dans l'endroit où on est, et on a faim…

Cigales plus que fourmis, aucun des deux n'avait pensé à emporter le repas du soir, tellement certains que tout se déroulerait sans anicroche.

Les voyages forment la jeunesse… je sais.

Comme personne n'a encore inventé la téléportation de nourriture, j'attrape mon téléphone et je plonge dans l'application de Fille Chérie, que, décidément, j'adore. Petit Bébé a grandi. Il a atteint la taille d'une libellule, mesure quatre centimètres et pèse sept grammes…

Personnellement, je préfère largement la libellule au tardigrade des premières semaines. Quelle idée de comparer Petit Bébé à un ourson d'eau, qui ne ressemble d'ailleurs absolument pas au bébé de l'ours, mais plutôt à un module d'atterrissage lunaire avec ses huit pattes.

Après avoir posté le moindre millimètre carré de la location sur leurs réseaux sociaux, Fille Chérie et Gendre Idéal se sont aventurés dans la jungle portuane afin de trouver de quoi subsister. Ils ont fini par dénicher quelques petites bricoles comestibles et au moins, ils dormiront l'estomac plein.

Deux cent quatre-vingts jours…
moins cinquante-sept jours !

Jeudi 30 septembre 2021

Le voyage éclair des tourtereaux tire à sa fin. Ce soir, ils reprennent l'avion pour la France. Finalement, ils auront eu beau temps, auront visité des endroits magiques comme la librairie Lello de Porto qui aurait inspiré la saga Harry Potter de J. K. Rowling ou encore le Majestic Café, le plus vieux café de Porto. Ils se seront nourris de graines et de pizza et auront largement profité de leurs petits moments à deux, avant de devenir trois.

Fille Chérie, depuis qu'elle est en osmose avec Petite Libellule, est devenue une vraie chasseuse. Elle traque sans pitié toute nourriture susceptible de ne pas plaire à Petit Bébé, et éjecte sans aucune indulgence les plats qu'elle adorait avant. Plus de crustacés, pas assez cuits, plus d'œufs, trop coulants, plus de fromages, trop risqués, plus de chocolat, elle qui se serait damnée pour trois carrés ne veut même plus les voir en image.

Restent les graines et quelques légumes, qui trouvent encore grâce à ses yeux de future maman. Elle qui était déjà épaisse comme une demi-feuille de cigarette a décidé de concurrencer Victoire Maçon Dauxerre.

C'est là que je me dis que si l'outil internet est formidable, il lui arrive aussi d'avoir ses revers. Du temps des dinosaures, lorsque j'attendais Fils Adoré, il n'y avait pas toute cette polémique au sujet de l'alimentation des femmes enceintes, pour la bonne raison qu'internet n'existait pas encore. Les informations ne circulaient pas autant, on se posait donc beaucoup moins de questions. Quelques recommandations du médecin de famille, deux ou trois conseils de la grand-mère paternelle qui avait porté et élevé ses six enfants, et l'affaire était faite, on filait son petit bonhomme de chemin jusqu'à la délivrance finale.

Mais voilà, il faut vivre avec son temps, et Fille Chérie, scotchée sur son téléphone, traque la moindre information.

J'en suis là de mes réflexions, lorsque je reçois un message :

— On vient d'atterrir à Marseille, on sera chez nous vers minuit.

C'est incroyable, mais j'ai beaucoup moins cauchemardé dans ce sens que dans l'autre…

Deux cent quatre-vingt-cinq jours…
moins soixante jours !

Mardi 5 octobre 2021

Quand on n'a plus d'ongles à assassiner, que fait-on ? Je me venge sur la tablette de chocolat qu'Ours d'Amour gardait précieusement pour son week-end. Tant pis pour mes kilos difficilement perdus et pour la petite pause détente de ma tendre moitié. Là, trop c'est trop et j'ai besoin d'un bon remontant. La tablette entière est engloutie plus vite que le naufrage du Titanic et si Ours d'Amour me demande où elle est passée, je dirai qu'on a eu une panne d'électricité et qu'elle a fondu dans le réfrigérateur. Au mois d'octobre, ce n'est pas très plausible. Alors je répondrai qu'un SDF affamé passait par là et que j'ai eu pitié de lui. Pas très vraisemblable non plus. Oh et puis flûte, a-t-on besoin d'inventer des histoires pour un petit coup de blues ? Après tout, c'est bien connu, le chocolat est un excellent remède antistress.

Car Fille Chérie m'a téléphoné vendredi dernier :

— Maman ? La sage-femme vient de m'appeler, mes résultats d'analyses ne sont pas bons, elle m'a pris rendez-vous mardi prochain à l'hôpital avec une de ses consœurs qui est mieux équipée qu'elle en matériel médical.

— Comment ça, tes résultats ne sont pas bons ?

Les bras m'en tombent.

— Non, c'est ce qu'elle m'a dit. Mais je ne sais pas trop.

— Et tu ne lui as rien demandé ?

— Heu… non.

Je lève les yeux au ciel avant de soupirer devant les hésitations propres à la jeunesse. Mais je râle en silence afin qu'elle ne voie pas que là, du coup, je viens de me prendre un méga stress.

Les gosses…

Donc comme Fille Chérie n'a pas voulu que je l'accompagne à son rendez-vous médical, je me retrouve à broyer du noir de mon côté, tout en pestant contre la théorie d'Einstein qui décidément me colle à la peau comme la sève à son arbre. Lorsque mon téléphone sonne, je décroche avant la fin de la première sonnerie :

— Alors ?

— Ben alors, je ne sais pas. Elle est restée un long moment silencieuse, elle m'a posé des questions, mais au final, elle ne m'a rien expliqué du tout et je n'en sais pas plus.

Alors là, c'est le pompon ! Si je tenais ces deux harpies entre mes mains, je les étranglerais, doucement, lentement, en prenant un plaisir sadique à les entendre couiner comme des cochons avant de rendre l'âme. Si j'avais des pouvoirs magiques, j'expédierais ces deux praticiennes à l'autre bout de la galerie, je les transformerais en nénuphars ou tiens, je les aplatirais comme une crêpe, avant de les avaler avec un bon carré de chocolat. Je crois que cela me soulagerait. Au final, agacée au possible, je préviens Fille Chérie que je vais lui prendre un rendez-vous avec Gynéco Extraordinaire, une femme admirable qui me suit depuis des années. Cela m'étonnerait qu'elle, elle nous laisse ainsi sans réponses.

Deux cent quatre-vingt-cinq jours…
moins soixante-cinq jours !

Vendredi 8 octobre 2021

Petit Papy ne va pas bien. Pas bien du tout, même. Voilà déjà plusieurs jours qu'il n'arrive plus à manger. Dès qu'il tente d'ingurgiter un peu de nourriture, il la revomit aussitôt. J'ai essayé de le faire boire, rien à faire, il ne peut rien garder dans son estomac. Il y a un peu plus d'un mois, il avait déjà perdu un œil. En l'espace de quelques heures, seulement, et sans que je ne m'aperçoive de l'urgence de la situation. Glaucome. Cancer probablement, qui va se généraliser. Il parait que de toute façon, je n'aurais rien pu faire. C'est la vie. Mais chienne de vie, quand même.

Je sais bien qu'à dix-sept ans il ne faut pas attendre de miracles, mais, malgré moi, j'espère… un miracle justement. À quoi cela sert-il d'aimer lire de la fantasy et d'adorer les films fantastiques, emplis de magiciens à la Disney si je ne suis pas capable de retenir la vie qui s'écoule doucement d'un être adoré au cœur si pur ?

Petit Papy, c'est une vie entière à cheminer à ses côtés, et je n'imagine par un seul instant affronter l'avenir sans sa présence bienveillante. Il est arrivé chez nous un soir d'orage. Il avait peur, il avait faim, il avait froid et il était si petit et si fragile que nous lui avons offert la chaleur d'un foyer aimant.

Petit Papy n'a pourtant pas eu une vie facile. Il y avait à peine quelques mois qu'il vivait chez nous, qu'il s'est pris pour Superman en tentant d'arrêter une voiture en pleine course. Il s'en est tiré avec une gueule cassée pour le restant de son existence et une perte totale d'odorat.

Mais Fille Chérie a grandi avec lui. Souvent il a posé son regard si doux, pailleté d'or, sur Fille Bien Aimée et partagé sans compter les jeux de Fils Adoré. C'est notre chat, notre Maine coon. Ensemble, nous avons affronté les tempêtes, côte à côte nous avons parcouru les chemins de la vie, et je ne conçois pas ma vie sans lui.

Petit Papy a disparu pendant plus de trois ans, perdu, sans son odorat, il a été incapable de retrouver son foyer. Trois longues années à le pleurer, à le chercher, à croire à notre bonne étoile, pour finalement le retrouver grâce à sa puce électronique, et depuis il ne se passe pas un seul jour sans que je ne mesure la chance que j'ai de l'avoir retrouvé. C'est ma boîte à musique tellement ses ronrons nous entourent de joie, c'est une montagne d'amour et de bonté. Il n'est à nul autre pareil et mon cœur se brise de penser que très bientôt il nous quittera pour toujours.

Alors je le veille, je le couve, comme je l'ai toujours fait pour mes Monstres Chéris, et je profite de la moindre minute de grâce qui m'est accordée à ses côtés.

Mais je suis triste. Si triste…

Deux cent quatre-vingt-cinq jours…
moins soixante-six jours !

Mardi 19 octobre 2021

Aujourd'hui, pour une fois, c'est no stress. Nous partons, entre filles, piller les magasins. Une journée entière de courses avec Fille Chérie et Mère Éternelle. Une journée complète à courir, galoper et trottiner, avec juste une petite pause à midi au restaurant. Ours d'Amour, devant l'ampleur des projets, a préféré rester à la maison, d'ailleurs fortement encouragé dans sa démarche par notre trio féminin.

Nous avons passé la matinée en admiration devant les tables à langer, à béatifier devant les lits bébés et à rêver devant les jouets premier âge. J'ai découvert avec tristesse tout ce que j'ai raté du temps des dinosaures et Mère Éternelle s'est effaré de ce qu'elle a manqué du temps de la création du monde. Les petites veilleuses adorables, de toutes les formes et de toutes les couleurs, les doudous incroyables, si doux qu'on voudrait tous les acheter, les babys phones tellement sophistiqués qu'ils vous donnent envie d'entendre les vagissements de votre nouveau-né rien que pour pouvoir les utiliser. Petit Bébé va naître dans un monde étonnant, et j'ai bien l'intention de rattraper le temps perdu, en achetant tout un tas de choses inutiles, mais oh combien extraordinaires.

L'après-midi, Fille Chérie a renouvelé une partie de sa garde-robe, car cela n'a pas l'air, mais Petit Bébé commence à prendre ses aises et les pantalons de Future Maman commencent un peu à serrer. Bien entendu, nous avons fait un large détour par le rayon bébé et là, j'avoue que nous avons un petit peu craqué. Mais comment résister, lorsque de magnifiques petits bottons vous sont proposés avec des remises exceptionnelles ? Mais nous avons été raisonnables, nous n'avons acheté que deux paires de petites chaussures, dont je doute que, à trois mois, elles servent un jour, et un petit tee-shirt trop mignon, qui lui, a des chances d'être utilisé.

À la fin de la journée, peu habituée à ce rythme soutenu et même si Mère Eternelle aurait préféré se faire hacher menu que de l'avouer, la fatigue commence à peser sur ses épaules. Le coffre plein de gadgets et de trucs absolument inutiles, comme un nouveau pyjama en pilou alors que j'en ai déjà deux, nous reprenons la route du retour. Tout en conduisant, je lance à Fille Chérie :

— Envoie un SMS à papa et dis-lui que l'on rentre, qu'il ne s'inquiète pas.

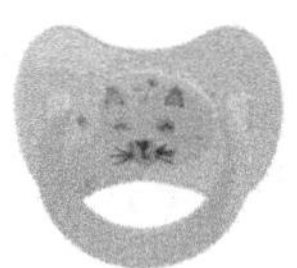

Nous arrivons à la maison pour trouver Ours d'Amour qui tourne en rond comme un lion en cage. Fille Chérie, tout à son enthousiasme de cette journée mémorable a complètement oublié de prévenir son père que nous repartions. Et comme nous étions parties depuis le matin, en voyant venir la nuit, ma douce moitié s'est imaginé que nous avions été capturées par des pirates de la route, ou torturées par quelques sadiques, ou pire, que je m'étais perdue et retrouvée aux antipodes de la maison, ce qui, vu mon sens déplorable de l'orientation, aurait très bien pu arriver.

Deux cent quatre-vingt-cinq jours…
moins soixante-dix-neuf jours !

Vendredi 22 octobre 2021

Ce matin j'ai acheté des macarons. C'est joli, les macarons. C'est tout rond, tout doux, et tout brillant. Et cette semaine justement, Petit Bébé a la taille d'un macaron… Alors pour bien me rendre compte de ce qu'un si petit gâteau peut amener comme chamboulement dans une vie, j'en ai acheté grandeur nature. Juste pour voir. Et franchement, c'est bien peu de choses, un macaron. En seulement deux coups de dents, c'est croqué et avalé.

Fille Chérie a rendez-vous ce midi pour sa première vraie échographie des trois mois. Elle espère qu'elle pourra enfin avoir une datation plus précise afin de savoir quand, exactement Petit Bébé viendra illuminer le monde de ses sourires. Elle voudrait, tout comme moi, connaître le sexe, mais elle a bien peu d'espoir, c'est encore si petit, un macaron.

Fille Chérie a bien précisé :

— Maman, on ne fait pas genre !

Et cela tombe à pic, parce que, justement, je n'ai absolument pas fait genre en achetant le doudou de naissance pour Petit Bébé. Sans même connaître le sexe, je suis tombée sur une petite peluche absolument extraordinaire, d'un rose si lumineux, si rayonnant, si enchanteresque, que je n'ai pas pu résister à la tentation de l'acheter. J'ai pourtant longtemps hésité, plantée comme une potiche dans le rayon, parce que je me suis dit que si Petit Bébé naissait garçon, le rose ne serait peut-être pas forcément bien approprié, mais après tout, flûte, les coups de cœur, c'est fait pour y succomber. Et Fille Chérie vient de me dédouaner en me disant qu'elle n'était absolument pas contre de mettre du rose à un garçon.

C'est incroyable ce qu'il peut y avoir comme coloris de nos jours. On dirait que le monde a réinventé les couleurs. Du temps de Mère Eternelle, les bébés se voyaient exclusivement en rose et bleu. À mon époque, ils avaient évolué en couleurs toutes douces : rose, bleu et blanc. Aujourd'hui c'est une explosion de teintes vives et gaies : rouge, jaune, bleu, rose, vert, beige, et j'en passe. Il y en a tellement que le choix en devient vraiment difficile.

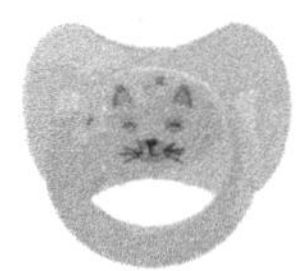

Mon ami Einstein est de retour. La matinée se traîne comme en escargot sur le sol lunaire. Je ne suis pas la seule à râler contre la manie des médecins de programmer des visites à l'heure des repas. Il parait que Gendre Idéal, lui aussi ne trouve pas cela très drôle. Finalement, le message tant attendu arrive :

— Ça y est, je sors de l'échographie. Elle a duré plus de quarante minutes.

Bêtement, je regarde ces quelques lignes, tandis que brusquement, tout s'écroule. Les nuages noirs de l'angoisse s'amoncèlent, les éclairs sombres de l'inquiétude crépitent au-dessus de ma tête, tandis que l'orage funèbre de l'effroi se déchaîne au-dessus de moi. Quarante longues minutes pour une échographie de routine, ce n'est pas normal. Absolument pas normal. C'est long. Beaucoup trop long. Que se passe-t-il donc ?

— Quarante minutes, maman, parce que figure-toi que j'ai un petit acrobate qui a absolument refusé de se laisser voir. Elle n'y arrivait pas, et finalement, on l'a vu bouger, se retourner dans tous les sens et pousser avec ses jambes. Il nous a même fait coucou de la main ! Tout va bien. Il a deux hémisphères au cerveau et deux ventricules au cœur. Le placenta est nickel, et mon décollement s'est résorbé.

En une fraction de seconde, à peine le temps d'un battement de cils, les nuages se sont dissipés, les orages se sont éloignés et les pluies glaciales de l'épouvante ont fait place à un soleil radieux. Soudain, le monde est devenu plus beau, plus brillant. Les oiseaux ont chanté plus fort, la terre s'est mise à tourner plus vite, et les étoiles, tout là-haut, ont dansé une sarabande endiablée. Ils avaient eu l'immense bonheur de voir un petit colibri voletant dans sa jolie cage dorée.

— Je te montrerai les photos quand je serai arrivée. Mais maman… qu'est-ce que je suis soulagée !

… et moi donc !

Deux cent quatre-vingt-cinq jours…
moins quatre-vingt-deux jours !

Samedi 23 octobre 2021

Fille Chérie m'envoie la photo d'un adorable petit lit blanc à barreaux et me demande ce que j'en pense. Il est d'occasion, mais vraiment pas cher, et même si quelques barreaux sont écaillés, rien d'insurmontable avec un peu de peinture. Je n'hésite pas :

— Fonce, vas-y, achète-le !

Mais Fille Chérie reste sceptique, car, en scrutant bien l'image pour la centième fois, en l'agrandissant dans tous les sens, elle découvre un tout petit défaut à ce lit magique, et se demande avec angoisse si Petit Bébé sera bien dedans. Le sommier est très légèrement affaissé sur un des montants.

Affolée, elle m'envoie un gros plan de l'imperfection, l'endroit incriminé cerclé d'un rouge bien vif, au cas où, l'âge venant, je n'aurais pas été capable de détecter l'anomalie par moi-même. Aussitôt, et comme à chaque fois que j'ai un souci, j'appelle Ours d'Amour à la rescousse, afin de le faire participer, lui aussi à notre tourment, car il n'y a aucune raison qu'il y échappe :

— Ça peut s'arranger, ça ?

Il hausse les épaules. Il en a vu bien d'autres, et des pires.

— Mais ce n'est rien du tout, ça. Je fixerai un petit tasseau, et le tour sera joué.

Mais Fille Chérie s'effare :

— Quoi ? Faire des trous dans le lit de Petit Bébé ?

Du coup, elle n'est plus du tout sûre qu'elle veut l'acheter, ce lit si magnifique. Elle me téléphone, complètement alarmée, et je passe une demi-heure à la rassurer et à lui dire que, au pire, je le prendrai, moi, le lit, si elle trouve mieux ailleurs.

Rassurée, elle file avec Gendre Idéal acheter sa trouvaille avant qu'elle ne lui passe sous le nez.

Comme les mouchoirs de poche sont plus grands que leur appartement actuel, ils passent nous déposer leur nouvelle acquisition, qui, vu le prix, est très bien.

Voilà deux jours que j'essaie de parler d'une chose triste à Fille Chérie et que je n'y arrive pas. Face à face, c'est plus facile. Je la préviens, avec tout le ménagement dont je suis capable que les dernières heures de Petit Papy sont arrivées. Vendredi dernier, la vétérinaire ne m'a plus laissé aucun espoir. La vie s'enfuit de son vieux corps si fatigué et ce n'est plus qu'une question de jours, peut-être même d'heures.

Fille Chérie éclate en sanglots. Moi aussi. Ours d'Amour n'en mène pas large. On a beau s'y attendre, on a beau le savoir, quand le moment arrive, on n'est toujours pas prêt. Face à la mort d'un être cher, on n'est jamais prêt d'ailleurs. Fille Chérie, en pleurs, me confie :

— Il ne verra pas mon bébé.

Non, effectivement, il ne le verra pas. Je ne peux pas lui mentir. En repartant, le cœur lourd, elle touche délicatement son ventre :

— Une vie arrive, une autre s'en va.

Je ne peux que lui dire oui. Que c'est, malheureusement, le cycle de la vie.

Deux cent quatre-vingt-cinq jours…
moins quatre-vingt-trois jours !

Lundi 25 octobre 2021

Triste… Si triste !

Petit Papy est parti ce matin vers un monde que j'espère meilleur pour lui. Vendredi dernier, Vétérinaire de Toujours m'avait dit :

— Nous sommes arrivés au bout. Malheureusement, je ne peux plus rien pour lui. Quand vous serez prête, venez, il est temps.

Je m'en doutais. Non, en fait, je le savais. Mais c'est bête, je pleurais tellement que je n'ai même pas pu lui dire qu'on n'est jamais prêt. Alors, je suis sortie précipitamment, comme une voleuse, pour m'effondrer dans la voiture. En arrivant à la maison, Ours d'Amour a tout de suite vu qu'il y avait quelque chose qui n'allait pas. Il y a tellement longtemps que l'on marche ensemble main dans la main sur le chemin de la vie qu'il n'y a pas besoin de paroles pour que l'autre sache lorsque ça ne va pas. Je me suis de nouveau effondrée, dans ses bras, cette fois-ci.

— La vétérinaire m'a dit qu'il ne fallait plus tarder à présent. Il est vraiment au bout. Je peux prendre un rendez-vous pour demain matin, ou alors pour lundi prochain.

Toute la douleur du monde a subitement envahi le regard d'Ours d'Amour.

— Demain matin ? Si vite ?

Lui non plus n'était pas prêt à laisser partir Petit Papy. Alors oui, je le reconnais, et je n'en suis pas fière. Mais nous avons joué les gros égoïstes afin de profiter de Petit Papy encore un peu. Un tout petit peu. Mais au moins Fille Chérie a pu lui dire au revoir. Nous aussi. J'ai eu une grande discussion avec Petit Papy. Je lui ai dit combien je l'aimais, combien, tout au long de ces dix-sept longues et merveilleuses années il nous avait rendus heureux, combien il avait été un phare qui avait éclairé notre vie. Je l'ai rassuré en lui certifiant qu'il était exceptionnel et qu'on ne lui en voulait pas qu'il parte, parce qu'on savait bien que sa vie était terminée. Je l'ai rassuré, en lui disant qu'il pouvait partir l'esprit libre, car il avait été un chat si merveilleux, si unique, qu'il resterait à jamais présent au fond de notre cœur.

Je ne sais pas s'il a compris. Peut-être. Sûrement, même, car il m'a regardée, et il a posé sa tête tout contre la mienne, comme il le faisait si souvent par le passé.

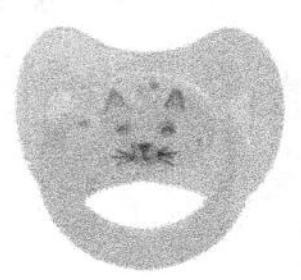

Lundi matin, nous avons eu ce courage incommensurable qu'il a fallu aller puiser au plus profond de nous, et cet énorme élan d'amour pour l'emmener chez Vétérinaire de Toujours qui l'a endormi pour l'éternité. Mais cela a été dur. Si dur…

- Plus jamais il ne posera son doux regard pailleté d'or sur moi,

- Plus jamais il ne me réjouira par ses interminables ronrons, en frottant son nez soyeux contre ma joue,

- Plus jamais il ne me fera râler en marchant allègrement sur les touches du clavier de mon ordinateur afin de mettre sa patte personnelle sur mes écrits,

- Plus jamais il ne déposera ses petites marguerites sur mon sol tout juste lavé,

- Plus jamais il ne me ramènera dans la maison ces horribles serpents vivants qui me faisaient hurler de terreur et appeler Ours d'Amour en catastrophe afin qu'il règle le problème apporté par SON chat,

- Plus jamais… non, plus jamais.

Chatte Exclusive n'est pas bien non plus. Il y a déjà longtemps qu'elle sent que quelque chose ne va pas. D'abord, elle qui adorait venir se lover aux côtés de Petit Papy pour y dormir tranquillement ne l'approchait plus. De temps à autre, elle venait le renifler puis repartait très vite, comme si elle sentait la mort planer au-dessus de lui.

Quand Chatte Exclusive était arrivée à la maison il y a quatre ans, elle n'était qu'un petit bébé déjà meurtri par la vie. Arrachée brutalement à sa maman alors qu'elle n'était même pas encore sevrée, abandonnée dans un carton avec ses frères et sœurs puis balancée dans une poubelle comme un vulgaire détritus, une âme charitable avait porté les chatons tout juste nés à la SPA où Fille Chérie et moi-même les avions adoptées. Les deux dernières petites chattes de cette malheureuse portée dont personne n'avait jamais voulu : Chatte Merveilleuse et Chatte Exclusive.

À son arrivée, c'était une petite sauvageonne qui refusait qu'on l'approche et qu'on la câline. Elle était plus prompte à griffer qu'à ronronner. D'ailleurs, elle ne savait pas faire, personne ne lui ayant jamais appris l'existence du mot « amour ». C'est Petit Papy qui s'est occupé d'elle. Il a pris la place de sa maman, Il l'a aimée, éduquée en lui montrant qu'il ne fallait pas mordre ni griffer sans raison, il l'a câlinée et rassurée à chaque fois qu'elle en avait besoin. De son enfance martyre, Chatte Exclusive en a gardé une peur maladive de rester seule, une phobie incroyable du dehors et un besoin viscéral d'avoir toujours une gamelle remplie à ras bord.

Lorsque j'ai mis Petit Papy dans sa caisse de transport, elle est venue lui dire au revoir. Elle savait qu'il ne reviendrait pas.

Depuis, elle le cherche dans toutes les pièces, elle l'appelle et elle miaule à fendre l'âme. Puis elle s'assoit bien droite face à moi et plonge son regard dans le mien en disant :

— Il est où, Petit Papy ? Qu'est-ce que tu en as fait ?

Et cela me brise le cœur.

Tristes… si tristes !

Deux cent quatre-vingt-cinq jours…
moins quatre-vingt-cinq jours !

Mardi 26 octobre 2021

Si les problèmes liés à Petit Bébé semblent s'être estompés, il n'en reste pas moins ceux de Fille Chérie et ses résultats médicaux pas vraiment au beau fixe. Étant donné que les deux spécialistes qui la suivent actuellement pour sa grossesse n'ont même pas été capables de dire ce qui ne fonctionnait pas exactement chez Fille Chérie, c'est Gynéco Extraordinaire qui va prendre le relais.

Le jour du rendez-vous est arrivé, et j'emmène une Fille Chérie pas vraiment emballée par cette nouvelle aventure où de nouveau, elle va devoir exposer, devant une inconnue, des endroits qui, à son sens, devraient rester cachés. Elle a emporté avec elle tous ses examens et documents, et je l'ai rassurée en lui disant que cette femme était vraiment exceptionnelle et que souvent, elle n'avait pas besoin de soulever le capot pour savoir ce qui se cachait derrière le moteur. Et comme, pour cause de Covid, je n'ai pas le droit d'entrer dans le cabinet médical, je ronge mon frein en attendant des nouvelles, dans ma voiture. J'ai bien emmené de la lecture, mais les lignes dansent devant mes yeux, les mots s'enfuient dès que j'essaie de les attraper et, énervée, je referme mon livre. D'ailleurs, un SMS de Fille Chérie arrive :

— Elle est en retard. Elle est venue me voir dans la salle d'attente et s'est excusée, elle a une urgence.

Voilà ce que j'aime bien, moi, chez Gynéco Extraordinaire. Elle reste très humaine, respecte ses patientes et a la correction de prévenir quand elle ne peut pas tenir ses horaires. Une qualité rare qui, de nos jours, se perd, malheureusement. D'ailleurs, Fille Chérie en est la première surprise et est toute contente que son nouveau docteur ait pris la peine de venir la prévenir de son retard.

Moins d'un quart d'heure plus tard, Fille Chérie me rejoint dans la voiture. Pour une fois, mon ami Einstein est resté dans sa dimension et n'a même pas eu le temps de s'immiscer dans la mienne. Il n'empêche que je ne lui laisse même pas le temps de s'assoir à mes côtés :

— Alors ?

— Alors ? Eh bien, rien, maman. Tout va bien. Elle m'a même demandé pourquoi je venais la voir.

— Tu lui as bien tout expliqué, au moins ?

Je me méfie un peu. Des fois que Fille Chérie aurait oublié un ou deux détails essentiels…

— Mais oui, maman, ne t'inquiète pas.

Tu parles ! ...

— Je lui ai tout bien expliqué, et elle a examiné très attentivement mes résultats médicaux. Ce n'est rien, c'est juste Petit Bébé qui me joue des tours.

Là, je ne comprends plus. Quoi, voilà près de trois mois que l'on s'inquiète, que les résultats nous angoissent, que Fille Chérie se retrouve aux urgences, qu'elle fait examen sur examen, que les deux pintades (que je rôtirais bien à la broche, moi) n'ont aucune explication satisfaisante aux problèmes de Fille Chérie, et au final, c'est Petit Bébé qui s'amuse ?

— Oui, maman. Elle m'a bien redit qu'il n'y avait aucune inquiétude à avoir. Comme j'ai été vaccinée contre le papillomavirus, il est fort improbable que j'aie des cellules pré cancéreuses, et que le résultat du frottis a été faussé par la présence de mon fœtus. Et que surtout, surtout, il ne faut pas refaire de frottis en janvier comme la sage-femme me l'avait dit, ni faire une coelioscopie comme elle voulait le faire, afin de ne pas perturber le développement du bébé.

Je ne suis pas médecin, mais c'est ce que j'avais dit à Fille Chérie. Je remercie énormément les deux bécasses pour les moments d'angoisse qu'elles nous ont fait vivre. Pour les silences qui disaient tout, mais ne révélaient rien, pour les coups de fil à un ami, en téléphonant aux consœurs afin de savoir ce qu'il convenait de faire, et pour tous ces jolis moments où j'ai passé des nuits blanches à lire sous la couette.

— À la fin de la consultation, elle m'a même dit que ce n'était pas la peine qu'elle continue à suivre ma grossesse, il n'y a absolument rien d'anormal, je peux être rassurée.

J'adore Gynéco Extraordinaire, et je note dans mon agenda mental de penser à lui emmener une boîte de chocolats lors de ma prochaine visite à son cabinet.

Deux cent quatre-vingt-cinq jours…
moins quatre-vingt-six jours !

Samedi 30 octobre 2021

Décidément, la semaine a été chargée, comme un rayon de magasin juste avant les soldes. Voilà près d'un an que Fille Chérie cherche à changer d'appartement, bien trop petit et qui ne conviendra plus du tout lorsque Petit Bébé sera là. Toutes les deux, nous sommes allées visiter une petite maison mercredi dernier, qui pourrait convenir. Petit Bébé aurait une vraie chambre pour lui tout seul et Chatte Merveilleuse risquerait moins de se faire écraser que là où elle est actuellement. Seulement voilà, ce nouveau logement est très cher en loyer, vétuste comme Mère Eternelle, et il y aurait quelques travaux de rafraîchissement à y faire avant d'être habitable convenablement. Et comme tous les propriétaires que j'ai pu connaître durant ma (déjà) longue vie, ceux-là ne font pas exception à la règle. Ils veulent bien encaisser un loyer exorbitant, mais refusent de dépenser le moindre centime pour améliorer un tant soit peu une maison qui est pourtant la leur.

Donc, problèmes…

Nous sommes allés revoir cette petite maison aujourd'hui, cette fois-ci avec Gendre Idéal et Ours d'Amour, qui reste très sceptique quant au prix du chauffage dont la facture risque de grimper jusqu'aux étoiles, étant donné que l'isolation date du temps de la guerre napoléonienne. Seulement voilà, dans la ville où nous habitons, les locations sont plus rares qu'un cactus en plein désert, et, comme je l'ai souligné à Ours d'Amour, actuellement, nos tourtereaux ont le choix entre la peste et le choléra. Soit rester où ils sont, dans un quartier qui devient de plus en plus mal famé, avec des voisins bruyants qui font la fête tous les étés jusqu'aux premières heures de l'aube, sans aucun respect des autres et de ceux qui travaillent, soit emménager dans une nouvelle maison, peut-être moins confortable, avec un loyer plus cher, mais plus tranquille, quitte à ce qu'il ne leur reste plus que leurs yeux pour pleurer lorsqu'ils auront payé le loyer et le chauffage.

Du coup, mon moral qui était reparti en flèche après le rendez-vous chez Gynéco Extraordinaire vient de retomber dans mes chaussettes avec cette histoire de chauffage. Mais la question restera en suspens jusqu'à la semaine prochaine, car aujourd'hui, c'est l'anniversaire de Fille Chérie, et j'ai bien l'intention de mettre les soucis de côté afin de profiter pleinement de cette merveilleuse journée.

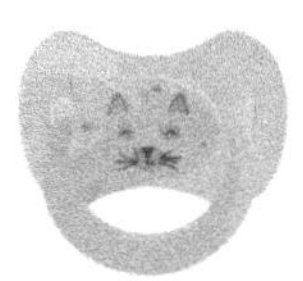

Comme actuellement notre maison est en travaux, il a été décidé de faire le gâteau d'anniversaire chez Mère Eternelle. Fils Adoré et Petite Fille viendront du fin fond de l'Ardèche participer à la fête familiale, et Mère Eternelle est dans tous ses états. La veille, il a fallu écumer les supermarchés du coin afin de faire un bon repas sans avoir de cuisine à faire, car Mère Eternelle arrive à un âge où même faire cuire des pâtes devient un problème. Nous avons donc acheté en conséquence, mais de quoi soutenir un siège tout de même. N'étant pas disponible cette année pour cause de visite de logement avec le restant de la troupe, encore aux heures de repas (décidément) il a bien fallu s'adapter en conséquence.

Fils Adoré et Petite Fille ont donc mangé avec Mère Eternelle qui était aux anges d'avoir son petit-fils et son arrière-petite-fille pour elle toute seule. Fils Adoré, un peu moins. Il m'envoie un SMS désespéré :

— Il est où, le bouton off, pour éteindre la grand-mère ?

Dans son désir de bien faire, Mère Eternelle ne tient pas en place. Elle se lève pour apporter une seconde part de pizza à Fils Adoré. Se rassoit. Pour se relever deux minutes plus tard donner un jus de fruits à Petite Fille, alors qu'il y en a déjà trois différents sur la table. Elle parle. Mais n'écoute pas les réponses.

S'agite. Se pose. Repart. Et donne le tournis à ses invités. Mère Eternelle arrive à un âge où un rien devient une montagne. Elle a traversé sa vie à petits pas, cheminant, et arrive cahin-caha, tout doucettement, en alignant les années, à son petit siècle d'existence.

Fils Adoré, qui n'en peut plus, m'envoie un second message éperdu :

— Vous arrivez dans longtemps ?

Pas de smileys avec Fils Adoré. Il n'aime pas. Moi j'adore. J'en mets partout. Parce que du temps des dinosaures ces petites émoticônes n'existaient pas encore. Du coup, là encore je rattrape le temps perdu en en mettant partout. Un rien m'amuse.

Finalement, nous arrivons, et la fête peut commencer. Comme nous ne faisons jamais rien à moitié dans cette famille, c'est l'anniversaire de Fille Chérie, qui a tout juste dépassé l'âge de coiffer Sainte Catherine, mais deux jours auparavant, c'était le mien. Fille Bien Aimée, elle, est née trois jours avant Noël, quant à Fils Adoré, c'était un jour après Ours d'Amour. Et Petit Bébé ne va pas faire exception à cette bizarrerie familiale, puisque, si tout va bien, il naîtra deux jours seulement après Petite Fille.

Gendre Idéal est en contemplation devant l'un des cadeaux de Fille Chérie : une jolie petite friteuse électrique. Lui qui rêve de frites faites maison, il est ravi. Je me demande même s'il n'est pas plus content du cadeau que Fille Chérie. Et quand il a la confirmation qu'il pourra également frire des beignets de toutes sortes, des poissons de tous les océans à condition qu'ils soient bien nés,[2] des chichis et autres merveilles, ses yeux s'illuminent comme les petites lumières un soir de Noël.

Avec Ours d'Amour, nous avons également offert à Fille Chérie une grande couverture, bien chaude où cet hiver elle pourra cocooner avec Petit Bébé, tranquillement installée dans son canapé. Et comme les grands esprits se rencontrent, parait-il, Fils Adoré, lui aussi, a offert une très jolie couverture à Fille Chérie, en pensant également à ce que Petit Bébé reste bien au chaud cet hiver. Du coup, Fille Chérie rigole :

— Franchement, vous auriez pu vous consulter pour les cadeaux !

Mais elle est ravie, car, tout comme moi, elle adore les choses douces et moelleuses.

---

[2] Jeu de mots en opposition avec les poissons pas nés (panés) NDA

Avant de partir, Gendre Idéal, qui parfois, doit avoir le même humour qu'Ours d'Amour, fait remarquer tandis que Future Maman monte les escaliers devant lui :

— Oh la la Chérie, tu as pris des fesses !

Offusquée, Fille Chérie se retourne vivement et s'examine :

— Comment ça, j'ai pris des fesses ? Mais c'est pas vrai, ça !

Pour m'amuser, je surenchéris :

— Ah oui, c'est vrai, il n'a pas tort, tu as bien pris des fesses.

Scandalisée, Fille Chérie court devant le premier miroir qui lui tombe sous la main et s'examine scrupuleusement sous toutes les coutures tout en se lamentant :

— Je ne comprends pas. Hier, la sage-femme m'a dit que je n'avais même pas pris un kilo, et là vous me dites que…

Avant que cela ne tourne en drame planétaire, je serre Fille Chérie dans mes bras :

— Mais non, on plaisantait. Tu n'as pas bougé, tu es parfaite, comme toujours.

Rassurée, Fille Chérie retrouve son sourire. On ne rigole pas avec sa ligne de mannequin qui va être, j'en ai bien peur, un petit peu malmenée dans les prochains mois.

Deux cent quatre-vingt-cinq jours…
moins quatre-vingt-dix jours !

Samedi 6 novembre 2021

Ours d'Amour et moi avons traversé l'époque des dinosaures ensemble, affronté les tempêtes de la vie et lutté main dans la main contre les facéties du destin. Je ne peux pas dire que notre couple ait connu des tsunamis suffisamment dévastateurs pour nous renverser, à peine de temps à autre une petite houle qui agite le bateau de notre vie commune.

Mais aujourd'hui, le vent a soufflé. Bêtement. À cause d'une histoire idiote de tuyau et de jet d'arrosage. Pourquoi cela plus qu'autre chose. Pourquoi aujourd'hui plus qu'hier ? Un peu plus de stress ou de fatigue, probablement. Mais je n'aime pas l'injustice. Ours d'Amour m'a accusée d'avoir cassé son pistolet d'arrosage, de ne pas lui avoir dit et pire, de l'avoir planqué. Le ton est monté. Campé sur ses positions, moi sur les miennes, nous nous sommes affrontés comme deux lutteurs lors des Jeux olympiques.

— Mais tu me prends encore pour une gamine, pour planquer mes bêtises ? Tu crois que je ne suis pas suffisamment adulte pour les assumer quand j'en fais ? (d'ailleurs, c'est bien connu, je n'en fais jamais).

Cette fois-ci, c'est moi qui suis retournée dans ma caverne en ronchonnant. Mais moi j'ai claqué la porte. Et fort.

Ours d'Amour ayant fini par reconnaître qu'il avait peut-être poussé le bouchon un peu loin, le soleil est revenu rapidement. Ours d'Amour a cette qualité rare de reconnaître ses torts. C'est ce que j'aime chez lui.

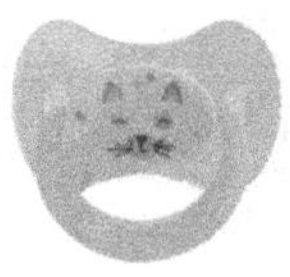

Cet après-midi, en revenant des courses, j'ai failli ramener un caneton à Ours d'Amour pour le remercier d'avoir reconnu son erreur. Je me suis arrêtée à l'animalerie, et, chance extraordinaire pour moi, il y en avait deux qui se morfondaient dans leur cage. J'ai demandé à la vendeuse si je pouvais en voir un de plus près, et croyant que j'allais l'acheter, elle n'a pas fait de difficulté pour me l'attraper. Le petit animal n'était pas vraiment d'accord pour sortir de sa prison de verre, et a vivement refusé de se laisser manipuler. Du coup, il est retourné bouder dans son box, moi je suis rentrée à la maison sans ce petit compagnon. Pourtant, c'est mignon, un caneton, c'est même un petit peu grand, un caneton, car cela ne rentre pas dans la main.

Petit Bébé, cette semaine a la taille d'un petit caneton. Il mesure 8,7 centimètres et pèse quarante-trois grammes. Le poids d'un brownie, mais je ne vais quand même pas acheter toutes les pâtisseries qui correspondent à l'évolution de Petit Bébé, sous peine de prendre plus de poids que Fille Chérie à la fin de sa grossesse.

Deux cent quatre-vingt-cinq jours…
moins quatre-vingt-dix-sept jours !

Vendredi 12 novembre 2021

Ce midi, en revenant des courses, il y avait une petite enveloppe blanche dans ma boîte aux lettres, qui venait de Fille Chérie. Dans un premier temps, cela m'a étonnée. Si nous avons l'habitude de nous envoyer cinquante SMS dans la journée, Fille Chérie n'a pas coutume de m'écrire. Pour quoi faire, d'ailleurs ? Nous n'habitons pas loin l'une de l'autre, il n'y a donc aucune raison valable qu'elle m'envoie un petit mot, à moins que…

Pour une fois, je n'ai pas stressé. Je me doutais du contenu : un joli petit carton d'invitation :

Venez découvrir son secret
Vendredi 5 décembre 2021
À 14 h 30
Dress code : team boy ou team girl ?
À vous de voir, mais venez en rose ou bleu

Effectivement, Fille Chérie m'avait prévenue qu'ils auraient confirmation du sexe du bébé le trois décembre dans l'après-midi. Mais entre le trois et le cinq décembre, c'est la porte des étoiles. Ces deux dates me semblent appartenir à deux galaxies différentes tant elles sont éloignées l'une de l'autre. Fille Chérie n'a pas fini de m'avoir sur le dos durant ces deux jours. Je vais l'ennuyer, l'asticoter, la relancer, la persécuter, bref, la harceler, afin de connaître le sexe du bébé avant. Mais je ne suis pas sûre d'obtenir ce que je veux. Quand Fille Chérie a dit non, c'est non. Mais peut d'être que du côté de Gendre Idéal… ma foi…

Ce qui me console, c'est qu'il y aura Belle-Maman Adorable à la petite réception. La maman de Gendre Idéal est merveilleuse et je suis sûre qu'elle fera une mamie gâteau parfaite pour Petit Bébé. Toujours de bonne humeur, toujours le sourire aux lèvres, elle traverse la vie joyeusement, et je suis très heureuse de la connaître. D'ailleurs, Ours d'Amour partage tellement mon point de vue qu'un jour il a dit à Fille Chérie :

— Si un jour tu quittes Gendre Idéal, surtout, garde Belle-Maman Adorable.

Je ne suis pas sûre que Fille Chérie ait apprécié l'humour de son père, mais c'était sa façon à lui de dire que lui aussi, il appréciait beaucoup Belle-Maman Adorable.

Je n'ai donc pas mis cinq minutes avant d'envoyer un SMS à Fille Chérie, en employant, pour la première fois, ce style bien particulier que j'emploie dans ce livre pour parler de ma famille. C'est une très belle occasion de tester grandeur nature sa réaction. J'ai donc répondu :

Ours d'Amour et moi-même serons très honorés de
venir à la réception organisée
par Fille Chérie et Gendre Idéal
en l'honneur de Petit Bébé

avec un petit ballon de fête en émoticône. Si elle m'avait répliqué :

— Mais enfin maman, tu as vu comment tu parles ?

J'aurais pu avoir des doutes. Mais cela ne devait pas être plus loufoque que ce que je fais parfois, aussi s'est-elle contentée d'un petit smiley tout content. Me voilà donc rassurée, mon style d'écriture si particulier ne l'a pas choquée outre mesure.

Fils Adoré, lui, m'aurait répondu d'un *lol* laconique. Il n'est pas très expansif dans ses messages, et la toute première fois qu'il m'a écrit « lol », en plein milieu d'un message, je me suis demandé pourquoi il venait me parler des poupées Lol de Petite Fille, alors que le sujet de la discussion n'avait rien à voir. Dans le doute, je lui ai envoyé un petit smiley grimaçant, auquel il m'a répondu :

— Quoi, tu n'es pas contente ?

C'est là que je me suis dit que j'avais probablement dû faire une gaffe dans l'interprétation de ces trois petites lettres. Ne voulant pas être prise en flagrant délit d'ignorance, j'ai donc envoyé en parallèle un petit message à Fille Chérie, mine de rien :

— Ton frère a dit « lol » !

— Ah, super !

Et voilà. En douce et en manœuvrant comme un chef de bataillon le jour d'une grande bataille, j'ai fini par obtenir mon information, en deux temps trois mouvements :

- 1°) ce mot n'a strictement rien à voir avec les poupées Lol que Petite Fille affectionne tant,

- 2°) D'après la réponse de Fils Adoré, ce n'est pas un mot indiquant une catastrophe,

- 3°) Suite au commentaire de Fille Chérie, c'est, au contraire, quelque chose de sympa.

J'en déduis donc que « *lol* » est l'équivalent pour Fils Adoré du smiley souriant de Fille Chérie.

Du temps des Dinosaures, on aurait dit « cool Raoûl », ou encore « relax Max ». Si ce n'est pas le choc des Titans, c'est, du moins, le choc des générations. Et parfois, ça décoiffe.

Mardi 16 novembre 2021

— Appelle. Appelle tout de suite !

Là, je suis entièrement d’accord avec Ours d’amour. Il y a des moments dans la vie où il vaut mieux foncer et réfléchir après. Et il y a des fois où un téléphone portable peut jouer les bonnes fées et apporter de gentilles nouvelles. Depuis quelque temps, j’ai mis une alerte sur mon portable afin d’être informée des nouvelles locations pour le futur logement de Fille Chérie. Et justement, ce matin, une petite maison tout juste dans son budget vient de pointer le bout de son nez dans la jungle des locations permanentes. Deux chambres, terrasse, salon, cuisine intégrée et garage, le tout au milieu des vignes, c’est une occasion rare à ne surtout pas laisser passer. Et il faut croire que, pour une fois, la chance nous sourit, car je suis la première à appeler. Normal, l’annonce n’a pas cinq minutes d’existence. Sans même consulter Fille Chérie, je prends un rendez-vous pour visiter sans plus tarder cette petite merveille.

Au téléphone, Fille Chérie est même obligée de tempérer mon enthousiasme.

— Maman, calme-toi, on dirait une gamine !

Oui, effectivement, elle n'a pas tout à fait tort. Cela fait si longtemps que l'on cherche la septième merveille du monde sans pouvoir lui mettre la main dessus, que quand on finit par la trouver, j'ai du mal à tenir en place.

Le rendez-vous est pris pour la semaine suivante, sans Gendre Idéal, puisqu'il travaille, mais qu'importe, nous ne pouvons pas nous permettre le luxe d'attendre, car, entre-temps, l'agence a eu tellement d'appels qu'elle a été obligée de désactiver son annonce.

Lorsque nous arrivons sur place, Fille Chérie, Ours d'Amour et moi-même pour visiter cette petite maison, la désillusion est grande : la locataire nous a posé un lapin, et elle n'est pas chez elle. La commerciale n'apprécie pas du tout le goût amer du lapin… nous non plus. Mais force est de constater que nous ne pourrons pas visiter ce jour-là, et le rendez-vous est reporté à la fin de la semaine.

Fille Chérie est toute déçue. Elle prend quelques photos de l'extérieur afin de faire patienter Gendre Idéal, en lui promettant qu'ils reviendront pour voir la maison, du moins de l'extérieur, avant le prochain rendez-vous fixé au vendredi matin.

Le soir même, Fille Chérie, qui n'a pas pu attendre plus longtemps avant d'emmener Gendre Idéal voir cette nouvelle maison, m'envoie un SMS :

— Regarde, maman, si ce n'est pas un signe, ça…

Et je reçois une photo du mur de la maison que nous irons visiter dans quelques jours. Ce mur où se situera, s'ils prennent cette location, la future chambre de Petit Bébé. Juste en dessous de la fenêtre, dessiné en petits points lumineux, on distingue très nettement un petit cœur…

Les choses aussi, parfois, peuvent faire de l'humour…

Deux cent quatre-vingt-cinq jours…
moins cent sept jours !

Vendredi 19 novembre 2021

Ce matin, je suis au taquet. En un temps record, le ménage est fait, la lessive expédiée et Chatte Exclusive est venue faire son petit tour quotidien avec moi au pas de charge. À présent, j'attends. J'attends l'heure du rendez-vous pour la visite du futur logement de Fille Chérie, et comme je traîne un peu trop dans les pattes d'Ours d'Amour, il grogne. Mais cela m'est complètement égal, je suis trop contente pour prendre ombrage de sa mauvaise humeur passagère.

Mon ami Einstein est de retour. C'est fou comme je peux étudier jusque dans les moindres détails sa théorie de la relativité ces derniers temps. Enfin, l'heure se décide à arriver, tout doucement, à la vitesse d'un escargot en vacances. Nous passons prendre Fille Chérie, toujours sans Gendre Idéal qui n'a pas pu se libérer, et enfin, nous avons le droit de découvrir ce qui pourrait peut-être faire le bonheur de ces futurs parents.

La visite est à la hauteur de nos espérances : une très belle pièce à vivre, avec une jolie cuisine aménagée où Fille Chérie pourra même y installer un lave-vaisselle, son rêve. Et quand Petit Bébé sera enfin arrivé, cela lui sera d'une très belle utilité. Deux chambres, spacieuses et très lumineuses, où déjà Fille Chérie se projette dans l'aménagement de celle de Petit Bébé. Quant à la salle de bain, elle sera même assez grande pour y installer une table à langer. Le garage, de belles proportions, leur permettra enfin de ranger tout ce petit surplus dont ils ne savent que faire là où ils sont. Ours d'Amour est conquis, la maison est relativement neuve, en bon état, et surtout, très bien isolée, puisque celle-ci a été entièrement refaite l'été dernier. Il donne son approbation sans aucune hésitation, et moi, je suis ravie d'imaginer nos tourtereaux dans cette jolie petite maison. Seule Fille Chérie hésite encore. Un jardin va lui manquer, c'est sûr. Et puis, elle s'est habituée à sa location actuelle, et elle a du mal à tourner la page. Et surtout, elle a peur pour Chatte Merveilleuse qui n'a jamais connu que son logement actuel. Et s'il lui arrivait malheur ? Mais elle finit tout de même par se rendre à l'évidence : cette maison est la mieux qu'ils aient pu trouver, et Petit Bébé pourra y grandir à son aise.

Alors, Alea Jacta Est[3]…

Deux cent quatre-vingt-cinq jours…
moins cent dix jours !

[3] Les dés en sont jetés

Vendredi 3 décembre 2021

Je l'avais dit, je l'ai fait !

Aujourd'hui est LE grand jour. LE jour où Fille Chérie et Gendre Idéal vont enfin connaître le sexe de leur bébé. Mais également LE jour où ils ont décidé de garder égoïstement l'information pour eux... jusqu'à dimanche. Autant dire, une éternité qu'il va m'être bien difficile de franchir.

En me levant, ce matin, j'ai fait discrètement un petit tour sur l'application fétiche de Fille Chérie. Petit Bébé a, cette semaine, la taille d'un pancake. J'aime les pancakes. Mais c'est dommage, je n'en ai pas, et je suis trop énervée pour en faire. Tant pis. Petit Bébé a également la taille d'un cochon d'Inde… ou d'une mangue. Comme je n'ai ni l'un ni l'autre, et que le souvenir de mon dernier cochon d'Inde s'est estompé dans les limbes de l'oubli, je me contente de relever que Petit Bébé mesure environ vingt-cinq centimètres et qu'il pèse trois cents grammes. C'est déjà pas mal. Petit Bébé commence à prendre forme et le ventre de Fille Chérie s'arrondit tout doucement.

J'envoie un SMS à Fille Chérie tout en buvant mon café matinal :

— C’est à quelle heure, ton échographie ?

— À quatorze heures.

Ah, tiens, pour une fois, ils auront le temps de manger.

Le temps s’étire, se rétracte, pour s’étirer de nouveau. Mon ami Einstein, à mes côtés, est hilare. Finalement Fille Chérie m’envoie un petit texto laconique :

— Fini !

Impatiente, le message à peine reçu, je réponds, tout en sachant pertinemment qu’elle ne me répondra pas :

— Alors ?

— Alors, on lui a demandé de mettre le résultat dans une enveloppe, et on l’ouvrira ce soir devant un plateau de sushis. C’est mieux que dans son cabinet où c’est impersonnel.

Oui, peut-être. Sûrement, même, mais cela ne fait pas du tout mon affaire. Du coup, je me renseigne à quelle heure sont les sushis. Des fois qu’il leur viendrait à l’idée de nous inviter...

Ours d’Amour ronchonne en faisant remarquer que les sushis sont mieux considérés que nous. Il demande :

— Pourquoi les sushis ils ont le droit de savoir et pas nous ? Pourtant, on s'en fait, nous, du sushi pour vous…

Et il rajoute :

— Et si ce soir on vient déguisés en sushi, ça marcherait ?

Je continue à asticoter Fille Chérie dans l'espoir qu'elle se trahisse, mais rien n'y fait. Au bout d'un moment, elle me sermonne par texto :

— Maman, arrête, papa et toi, vous êtes infernaux ! Même la maman de mon chéri elle n'est pas aussi terrible.

Je note donc au passage que Belle-Maman Adorable s'y est mise également et que, en conséquence, nos tourtereaux doivent entendre sonner les cloches des deux côtés, encore plus fort qu'à la Noël. Tant pis pour eux, c'est le prix à payer quand on veut jouer les cachotiers.

Le soir, je relance un peu le débat. Sait-on jamais. Si je pouvais, par hasard, obtenir une petite bribe d'information…

— On est à table. Et vous ?

— Nous aussi, et on a ouvert l'enveloppe…

Me répond une Fille Chérie sadique avec un smiley tout souriant.

Oh, les monstres ! faire ça à leurs propres parents ! Mais je me console comme je peux en me disant qu'un jour, eux aussi, ils seront maltraités par leurs propres enfants. Et ce ne sera qu'un juste retour des choses. Néanmoins, je continue mon petit manège :

— Aah, et alors ? Je n'ai pas encore acheté le pull rose de papa pour dimanche… Tu crois que je dois ?

Fille Chérie réplique du tac au tac :

— Rooh, arrêtez, je ne dirai RIEN !...

— Je ne demande pas. Juste comment papa doit s'habiller… c'est pas demander, ça !

En réponse, je reçois une superbe photographie… des pieds de Petit Bébé !

Bon. Au moins cela a le mérite d'être clair.

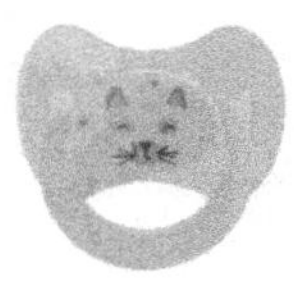

Après le repas, mine de rien, je prends d'assaut le messenger de Gendre Idéal. Qui sait, peut-être se fera-t-il plus facilement avoir ? Mais j'ai une louve qui surveille derrière son épaule et je ne tarde pas à recevoir un ultimatum :

— Mamaaan tu arrêtes ça tout de suite ! Tu es infernale ! si tu continues, je ne t'invite pas dimanche !

Oups…Fille Chérie est en colère. C'est bon, j'arrête. Mais je n'ai pas dit mon dernier mot. Demain est un autre jour…

Deux cent quatre-vingt-cinq jours…
moins cent vingt-quatre jours !

Samedi 4 décembre 2021

Ma maison est, depuis toujours, une arche de Noé où les oubliés de la vie viennent y trouver refuge. Je ne compte plus le nombre d'animaux que nous avons recueillis au fil des années. Ici, dans ma petite maison bordée de nature, les pics épeiches saccagent allègrement mes pins tout en me saluant de leurs tap-tap-tap enthousiastes. Les écureuils furètent d'arbre en arbre à la recherche de nourriture et les tourterelles turques viennent quémander leurs graines jusque dans mon garage. Mes chats, qui n'aiment guère se fatiguer à chasser, passent leur temps à lézarder au soleil, et je les envie parfois de traverser la vie avec autant d'insouciance.

Mais il n'y a pas que les animaux stigmatisés par la vie que je récupère. Hier, avec Ours d'Amour, nous sommes allés chercher Fils de Personne. Famille d'Accueil depuis déjà de trop nombreuses années, la détresse a franchi plus d'une fois notre porte. Des enfants cassés, abandonnés, délaissés, maltraités. Le kaléidoscope des misères humaines chatoie tristement autour de nous.

Nous connaissons bien Fils de Personne. Nous l'avons accueilli pendant cinq ans, avec ses problèmes psychologiques et affectifs, mais également avec ses grands élans du cœur qui le caractérisent. « Humainement », le service de placement nous l'avait enlevé l'été dernier, pour, « humainement » nous demander de le reprendre quelques mois plus tard. Car Fils de Personne n'est pas un gentil dossier que l'on range sur une étagère pour l'y oublier. Il n'entre pas sagement dans un tiroir pour n'en plus sortir et la famille d'accueil qui l'avait accueilli n'a pas su percevoir les trésors cachés dans l'âme de Fils de Personne. Comme une bouteille jetée à la mer, il a de nouveau atterri sur notre rivage. Ce n'est pas un enfant facile, j'en conviens. Mais quand je vois tout l'amour qui se reflètent dans ses yeux, quand ses bras m'enserrent tendrement tandis qu'il me glisse un « je t'aime » sincère, quand il refuse de se projeter dans un ailleurs d'où nous n'existerions plus, je me dis que, malgré toutes les galères qu'il peut parfois nous faire vivre, Fils de Personne mérite, plus que tout autre, notre amour. C'est pourquoi, de nouveau, Fils de Personne fait partie de notre quotidien.

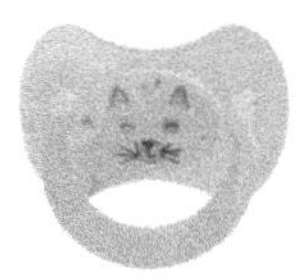

Pendant que, dans sa chambre, il récupère ses jouets et son bonheur oublié, j'en profite pour harceler Gendre Idéal. J'ai bien compris que Fille Chérie ne dirait rien. Mais qu'en sera-t-il de Gendre Idéal ? Je tente :

— Coucou, Gendre Idéal… Alors sur une échelle d'un à cinq, tu l'as trouvé comment, le sourire de Fille Chérie ?

La réponse ne tarde pas à arriver :

— Aah, ça, je ne sais pas… d'ailleurs, si je réponds, tu vas savoir tout de suite si c'est un garçon ou une fille…

Pas faux… Mais cela ne m'empêche pas de poursuivre ma manœuvre :

— Ah, au fait, on se demandait justement, avec Ours d'Amour, si tes rêves cette nuit, avaient été plutôt roses, ou plutôt bleus ?

— Je dirais bloze… me répond-il avec aplomb.

Oh, le mécréant ! Car « Bloze » est un mot tout juste inventé par Ours d'Amour, à mi-chemin entre « bleu » et « rose ». Donc, sans tenir compte de la traitrise employée par Gendre Idéal dans sa réponse, je poursuis, comme si de rien n'était :

— Mais sinon, tu dirais quoi, toi : plutôt sixième lettre de l'alphabet, ou plutôt septième ?

— Mon avocat m'a dit de ne répondre à aucune question, pour que je ne fasse pas de bourdes…

Oh, la pernicieuse. Oh, la fourbe. Fille Chérie épie ma conversation avec Gendre Idéal. Brusquement, il me vient comme des envies de balancer mon téléphone par la fenêtre. Désabusée, je réplique :

— Jette ton avocat. Il ne te donne pas les bons conseils.

Rien ! Je ne saurai rien !

Deux cent quatre-vingt-cinq jours…
moins cent vingt-cinq jours !

Dimanche 5 décembre 2021

Fils Adoré et Petite Fille sont arrivés hier soir à la maison. C'est incroyable comme deux personnes supplémentaires peuvent apporter comme animation. Je n'ai plus eu une minute à moi de la soirée, ce qui fait que j'ai fini par laisser Fille Chérie tranquille. Dommage. Si j'avais eu le temps, j'aurais bien insisté un peu plus, moi. Quand elle m'a envoyé son dernier texto la veille :

— Mais mamaan, tu es impossible !

J'ai ri. Et puis j'ai pouffé comme une gamine. J'aime bien faire enrager Fille Chérie. En général, ça marche à chaque fois, et cela n'a pas de prix.

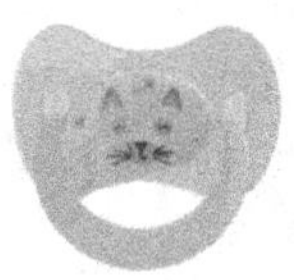

Ce matin, bizarrement, je me lève comme si j'avais récupéré mes vingt ans. Je ne saute pas du lit, je bondis. Car c'est aujourd'hui -enfin-, que nous allons savoir si Petit Bébé est Petit Garçon ou Petite Fille. Auquel cas, Petite Fille de Fils Adoré deviendra

Grande Fille, afin de maintenir la hiérarchie familiale. Ours d'Amour a déjà filé dans la salle de bain, tandis que Fils de Personne ronge son frein dans sa chambre. C'est un petit garçon adorable, mais qui a tendance à courir un peu trop vite après la vie en essayant vainement de la rattraper. Autant dire qu'il ne se pose jamais. Aussi, le matin, je tempère un peu ses ardeurs, sinon, il sonnerait le clairon dès le premier chant du coq. Chatte Exclusive, toute guillerette elle aussi est déjà partie chasser les oiseaux. Enfin, quand je dis « chasser », c'est un bien grand mot, car Chatte Exclusive, qui ne doit pas savoir que les chats sont des prédateurs n'a jamais attrapé autre chose que quelques malheureux lézards, qu'elle m'amène, triomphante, au beau milieu de mon salon. Jamais elle n'a tenu un oiseau ou une souris dans sa gueule. Je crois qu'elle n'imagine même pas que ce soit possible. Mais elle garde l'illusion d'être une grande chasseresse, en se postant à proximité de leur mangeoire et en observant attentivement leurs allées et venues. Je la laisse faire. À quoi bon briser ses rêves de félin héroïque ?

La matinée file à la vitesse d'une étoile filante. Et en à peine un clignement de paupières, il est temps d'aller chez Fille Chérie. Comme elle l'a demandé, nous arborons fièrement nos couleurs : jean bleu pour moi assorti d'un magnifique pull rose, idem pour Fils de Personne, qui ronchonne un peu d'être obligé d'enfiler une couleur qu'il n'a pas l'habitude de porter:

— Chuis pas une fille, moi, pour mettre du rose !

À neuf ans, les codes couleur sont déjà bien ancrés en lui. Mais quand il voit Ours d'Amour arriver avec un bandeau tout rose sur la tête, assorti d'un joli nœud encore plus vif, il est plié de rire et accepte de bonne grâce sa part de ridicule.

En arrivant, une Fille Chérie resplendissante, toute de bleue vêtue nous ouvre grand la porte. Ça y est, je le savais ! Petit Bébé est donc Petit Garçon…avant d'apercevoir Gendre Idéal, portant beau, sourire aux lèvres, une magnifique chemise rose. Tous deux affichent sur la poitrine une cocarde de la couleur inverse : rose pour Fille Chérie, bleue pour Gendre Idéal. Et zut. Finalement, Petit Bébé n'est peut-être pas tant Petit Garçon que cela.

Sans tarder, arrivent, en rafale, Mère Eternelle, qui elle aussi a respecté le code couleur, aussitôt suivie par Belle-Maman Adorable, accompagnée de Grand Garçon, son second fils. Nous avons tous plus ou moins honoré les codes couleur imposés, et c'est une joyeuse assemblée qui commence à papoter et à rire bruyamment.

Fille Chérie et Gendre Idéal se sont donné énormément de mal pour décorer leur petite maison. La table est somptueuse, dressée avec infiniment de goût, de jolis ballons aux deux couleurs ornent les murs et se balancent nonchalamment au rythme du va et vient de chacun.

Enfin, le moment tant attendu arrive. Fille Chérie et Gendre Idéal se rapprochent, une fine aiguille en main, afin de percer le grand ballon que Gendre Idéal tient triomphalement à bout de bras. Lorsqu'il éclatera, nous dit-il, des confettis roses ou bleus en jailliront. Tous nous retenons notre souffle. La pièce, qui, un instant encore résonnait d'éclats de rire s'est faite plus silencieuse qu'un Sioux sur le sentier de la guerre. Nous sommes tous suspendus au geste ultime de Futur Papa.

— Attention, vous êtes prêts ? Lance Gendre Idéal tout sourire.

Bien sûr que nous le sommes ! Cela fait déjà deux longs jours que nous piaffons d'impatience.

— Alors, trois… deux… un… paf !

Avec un grand bruit, le gigantesque ballon éclate et une pluie de confettis multicolores inonde la pièce. Sur le moment, je ne comprends pas. On devait avoir du bleu… Ou du rose. Pas du bloze !

Hilare, Fille Chérie jubile :

— Non, mais vous ne croyiez tout de même pas vous en tirer comme ça ? Si vous voulez connaître le sexe du bébé, il va falloir bosser un peu !

Oh, les hypocrites. Oh, les sournois. Oh, les Judas. Nous faire ça à nous, qui piaffons dans nos starting blocs depuis déjà bien trop longtemps. Et Fille Chérie de distribuer de petites feuilles emplies de rébus et autres petites facéties du même genre. Personnellement, je n'aime pas beaucoup les devinettes. Cela m'énerve vite. Et cette fois-ci ne fait pas exception à la règle. J'en résous deux, avant de décrocher, tandis que Fils Adoré, qui lui, est dans son élément, remplit rapidement sa page, la tête studieusement penchée en avant, comme un écolier lors d'un examen de fin d'année. Ours d'Amour, qui est aussi patient que moi ne cherche même pas à remplir une case. Il attrape son appareil photo, et mitraille à qui mieux mieux l'assemblée. De mauvaise foi, comme toujours, j'attends patiemment que Fils Adoré ait solutionné tous les problèmes avant d'aller pomper son résultat. Cela me rappelle Martine, ma copine en terminale qui copiait sur moi dès qu'elle en avait l'occasion. Mais du coup, ce qui m'énervait à l'époque m'amuse aujourd'hui. J'aime bien quand parfois les rôles s'inversent.

Le mot à trouver était « chaise ». Sur le moment, je ne vois absolument aucun rapport avec Petit Bébé. Avant de découvrir, insidieusement planquée sous une des chaises, une petite clé, qui ouvre enfin la boîte de Pandore. Un second ballon apparait comme par enchantement, et la même cérémonie recommence. Belle-Maman Adorable ne tient plus en place :

— Alleeez ! crie-t-elle tant l'impatience la ronge.

Fille Chérie et Gendre Idéal (plus tant adorable que cela pour le coup) sadiquement, font encore durer un peu le suspense avant de percer le second ballon. Et là… un grand blanc…

… Le temps de tous intégrer, dans nos banques de données familiales, la couleur flamboyante qui vient d'éclater juste au-dessus de nos têtes…

B-L-E-U !

À quatorze heures cinquante-six très précisément, Petit Bébé est officiellement devenu Petit Garçon, sous une explosion titanesque de Hourras et de Vivats.

Fille Chérie et Gendre Idéal, tel un bateau balloté sur la liesse familiale, sont tour à tour serrés dans nos bras, embrassés et félicités.

Le moins que l'on puisse dire, c'est qu'ils auront su faire durer le suspense. Mais enfin nous savons.

Dommage pour l'adorable, l'extraordinaire, l'époustouflant, l'ahurissant doudou rose acheté deux mois plus tôt…

Deux cent quatre-vingt-cinq jours…
moins cent vingt-six jours !

Lundi 6 décembre 2021

Cette nuit comme Nounours dans Bonne nuit les petits, j'ai flotté sur un joli petit nuage bleu, tandis que le marchand de sable jetait sa poussière d'étoiles au-dessus de ma tête. Au pays des rêves bleus, les doudous chantaient à tue-tête la compagnie des lapins bleus tandis que les nounours, tout d'azur vêtus, valsaient joyeusement au rythme endiablé du beau Danube bleu. Et c'est dans une petite bulle de bonheur que je me suis installée devant mon premier café de la journée, jusqu'au message percutant de Fils Adoré qui m'en a fait tomber de ma chaise :

— Je viens de faire un autotest, je suis positif !

En une fraction de seconde, mon univers ouaté de bleu vient d'imploser en un immense trou noir, qui aspire tout sur son passage. Un maelstrom d'émotions fond sur moi à la vitesse d'un faucon sur la proie. Ce n'est pas possible. C'est un cauchemar. En fait je ne suis pas encore bien éveillée, mais je vais me réveiller. C'est obligé. Mes yeux encore embrumés m'ont joué des tours, et je n'ai pas lu ce que je viens de lire. Afin d'être certaine tout de même, je relis son message avec circonspection. Non, je ne rêve pas. Fils Adoré a bel et bien écrit ces quelques mots.

Évidemment, de suite, je pense à Fille Chérie et à Petit Bébé. Si jamais ils ont attrapé cette saloperie de covid-19… déjà que le début de sa grossesse n'avait pas été à franchement parler serein… J'ai une espèce de boule acide qui remonte dans mon œsophage, explosant dans ma gorge en une myriade de petites bombes aigrelettes qui tintent comme la cloche du trépas et je manque de restituer mon café matinal. Ours d'Amour en profite pour débouler joyeusement dans la cuisine, avant de s'arrêter net devant ma mine décomposée :

— Qu'est-ce qu'il y a encore ? Pourquoi tu fais cette tête ?

Tiens, comme si j'allais rire après une annonce pareille ! Sans ménagement, je lui colle mon téléphone sous le nez :

— Lis !

C'est au tour de sa bonne humeur matinale de s'évanouir comme neige au soleil. Il s'assoit lourdement, tout en se passant une main dans les cheveux :

— Il en est sûr ? Parce que les autos-tests, ce n'est pas très fiable. Dis-lui d'aller faire un test PCR.

Avant de rajouter :

— Mais bon sang, il n'était pas malade, hier. C'est des bêtises, que tout cela. Dis-lui…

Je n'ai jamais vraiment bien compris la tactique de mes enfants avec leur père et inversement, de systématiquement m'utiliser comme relais radio. À chaque fois qu'ils ont quelque chose à demander à leur père, c'est toujours :

— Dis, maman, tu peux demander à papa si…

Et inversement, bien entendu :

— Dis à ton fils que…

Je soupire, et décroche mon téléphone, avant d'avoir à passer la prochaine décennie à pianoter mes SMS.

Il en résulte que Fils Adoré, à son insu, a traîné dans ses bagages un effroyable invité, qui en a profité pour venir faire la connaissance, incognito, de toute notre petite famille.

Deux cent quatre-vingt-cinq jours…
moins cent vingt-sept jours !

Mardi 7 décembre 2021

Aurait-on, une fois n'est pas coutume, l'extraordinaire chance de passer à travers l'orage sans être trempé par la pluie ? Je vis ma journée sur la pointe des pieds, en retenant mon souffle, tout en priant un Dieu lointain :

— Faites qu'il ne se passe rien…

— Faites qu'il n'y ait pas de malades…

— Faites que tout se passe bien…

… Jusqu'au message de Fille Chérie :

— Maman ? Je ne me sens pas bien…

Et voilà, tout comme deux et deux font quatre, je peux être sûre que dans ma famille, à chaque fois qu'une catastrophe s'annonce, elle est pour nous, avec pertes et fracas. Ce n'est pas compliqué, j'ai toujours un ennui sur le feu et une catastrophe sous le bras. Dans une vie antérieure, j'ai dû tuer père et mère pour que dans cet univers-là, tout me retombe dessus puissance dix. Quand je vois Mère Eternelle qui a traversé l'existence sans qu'un seul souffle du destin ne bouge seulement une mèche de ses cheveux, et quand je vois les miens, hérissés par les tempêtes tumultueuses de la vie, je me dis que je paye un karma dont je ne me souviens même pas, ce qui, en conséquence, ne me permettra absolument pas de tirer leçon de mes erreurs passées.

Ours d'Amour, qui doit avoir les mêmes configurations métaphysiques que moi puisqu'il se prend, lui aussi, de plein fouet, les tsunamis de l'existence, s'inquiète :

— Elle a de la fièvre ? Elle a quoi ?

Je répercute derechef l'inquiétude paternelle :

— Tu as de la fièvre ?

— Oui… mais ne le dis pas à papa !

Parce qu'Ours d'Amour, tout comme moi, se ronge les sangs dès que l'un d'entre nous n'est pas bien. Moi, je me grignote les ongles, lui, il rumine, chacun essayant d'évacuer son stress à sa manière, sans que je sois persuadée de l'efficacité de la méthode. Je temporise donc, tout en absorbant le choc en douce :

— Elle n'est pas bien, elle a des courbatures, mais elle est vaccinée. C'est peut-être un simple coup de fatigue. De toute façon, ils disent bien à la télévision que les personnes vaccinées sont bien moins à risque que les autres.

Peu convaincu par mes explications, Ours d'Amour part se consumer d'inquiétude dans le salon en martyrisant un morceau de papier entre ses doigts, tandis que moi, je me liquéfie de trouille dans ma cuisine, sans piper mot.

Ce soir-là, j'ai vidé la batterie de ma liseuse en douce sous ma couette, et n'ayant plus rien à faire, j'ai fixé le plafond dans le noir, jusqu'à ce que le petit jour passe un œil curieux à travers les volets.

Pourquoi appelle-t-on cela des « nuits blanches » alors que, au contraire, elles sont plus noires que la nuit éternelle ?

Deux cent quatre-vingt-cinq jours…
moins cent vingt-huit jours !

Mercredi 8 décembre 2021

Une nuit épouvantable à ne pas fermer l'œil, à laisser mon esprit vagabonder vers des rivages effrayants où les monstres de l'angoisse s'insinuaient dans la plus petite parcelle de mon âme. Une horreur. À première vue, Ours d'Amour n'a pas passé une meilleure nuit que moi, et c'est, chose exceptionnelle, d'un pas traînant qu'il arrive dans la cuisine.

— Tu as des nouvelles de ta fille ?

— Non.

Son esprit est comme le mien : prompt à s'envoler vers de noirs horizons, et nous passons près d'une heure à tenter de nous rassurer, en prenant modèle sur le vieil adage : « pas de nouvelles, bonnes nouvelles », mais sans y croire un seul instant. Vers midi, Fille Chérie ne va pas mieux, et l'angoisse monte au dernier étage de notre tolérance parentale.

La journée passe. Morose. Angoissante. Pénible. Interminable.

Pas d'amélioration dans l'état de santé de Fille Chérie. Nous survivons entre deux SMS comme nous le pouvons, tout en étant plus apathiques qu'un mouton qui s'en va à l'abattoir.

Deux cent quatre-vingt-cinq jours…
moins cent vingt-neuf jours !

Vendredi 10 décembre 2021

— Maman, ça ne va pas. J'ai toujours de la fièvre et… mon bébé ne bouge plus !

Ça y est ! Là, c'est sûr, mon cœur va flancher. Il ne va pas tenir, et il va me faire faux bond, là. Tout de suite. Je vais mourir d'angoisse dans ma cuisine, entre deux pommes et trois tasses à café pas encore rangées dans le placard. Je pose mon torchon à vaisselle et je m'assois. Non, le cœur tient toujours. C'est incroyable comme ce tout petit organe, si minuscule et pourtant si important peut supporter comme tempêtes. Je n'aurais jamais cru. Ou alors, il s'est renforcé à l'aune de mes ennuis familiaux qui déferlent sur ma tête depuis bientôt trente ans. Je ne sais pas, et je ne prends même pas la peine de me pencher sur la question. Je décroche mon téléphone, et j'appelle Fille Chérie avant de me laisser submerger par ses messages dévastateurs.

— Alors ? Ça ne va pas ?

— Non, maman, je ne suis vraiment pas bien.

Je ne fais ni une, ni deux. Trois jours d'angoisse. Trois longs jours à attendre que tout s'arrange comme par magie, cela suffit.

— Appelle la maternité, et explique-leur. Tu leur dis que tu es positive, et surtout, tu précises bien que tu ne sens plus ton bébé bouger. C'est une urgence médicale, ils vont te prendre dans la journée.

Et je rajoute ce merveilleux conseil que je suis totalement incapable d'appliquer à moi-même :

— Et surtout, ne t'inquiète pas !

Fille Chérie s'exécute et ne tarde pas à me rappeler :

— C'est bon, maman, j'ai un rendez-vous ce soir à dix-sept heures.

Gendre Idéal, tout aussi inquiet, s'est débrouillé pour partir plus tôt de son travail afin d'accompagner Fille Chérie.

Dix-huit heures…

… Toujours pas de nouvelles…

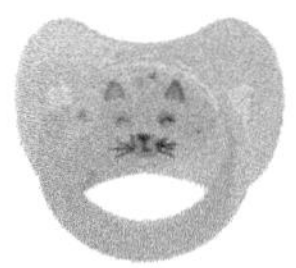

J'ai une imagination galopante, qui débarque à l'improviste quand je passe l'aspirateur ou encore me réveille au beau milieu de la nuit sans crier gare. Mes divagations, poussées par les vents de l'angoisse, se transforment souvent en sombres chimères.

Et en cet instant précis, après King Kong au Portugal c'est Walking Dead à la maison[4]. J'imagine Fille Chérie, le dos voûté, ses bras raidis levés au-dessus de sa tête, ses mains recroquevillées sur ses doigts crochus comme ceux d'une horrible sorcière, ses lèvres retroussées en un épouvantable rictus, la bave dégoulinant abondamment sur son menton avant d'aller s'échouer sur le sol en une immonde flaque putride, marcher vers moi, semblable à un zombie. Je la vois très clairement avancer, la démarche saccadée, les yeux rougeoyants des braises de l'enfer, tandis que Petit Bébé, brutalement transformé en Alien, le faciès allongé, tel le mufle d'un loup-garou, des crocs luisants de vampire défigurant son visage, se démène comme un beau diable afin de sortir du cocon maternel, tandis que ses hideux tentacules fouettent le sol en crépitant sauvagement comme un arc électrique…

---

[4] Célèbre série télévisée d'horreur mettant en scène des morts-vivants

Je claque violemment la porte à mon imagination délirante, mais je ne peux empêcher un peu de sang de dégouliner le long des interstices mal jointés de ma déraison.

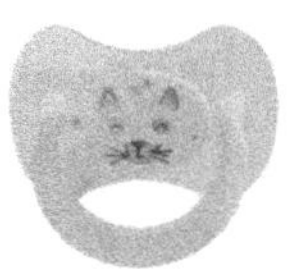

Ours d'amour tourne en rond, tripote machinalement un livre qui traîne sur la table, avant de le reposer pour refaire le tour de la pièce. Moi, de toute façon, il y a bien longtemps que je n'ai plus d'ongles à ronger, alors j'avale un yaourt pour apaiser mes brûlures gastriques, sans succès. Il est inutile que j'envoie un message, car si Fille Chérie est en consultation, elle ne répondra pas. Et puis, finalement :

— Elle a eu un peu de retard, mais je suis dans son cabinet à présent. Elle est partie chercher le monitoring, je t'envoie un message avant son retour.

Ours d'Amour, en entendant mon téléphone vibrer s'est précipité :

— Alors ?

Ne sachant pas si l'emploi du monitoring à ce stade de la grossesse est une bonne ou une mauvaise nouvelle, je temporise :

— Elle est en consultation. Elle nous rappelle dès qu'elle est sortie.

Légèrement rassurée, ma seconde moitié s'éloigne un peu, tout en restant à portée auditive de mon téléphone.

Une petite demi-heure plus tard, je reçois un nouveau message, assorti d'une jolie photo :

— Tout va bien, maman. C'est juste une grosse fièvre, et comme je ne suis pas bien, mon bébé ne bouge plus lui non plus, car il est autant malade que moi. Mais on a entendu son cœur, on l'a vu, il respire toujours, il faut juste que je me repose et que j'attende que cela aille mieux, en surveillant tout de même que la fièvre ne monte pas plus.

— Tu vois, tu as eu raison d'y aller. Au moins tu es rassurée, et vous allez pouvoir passer un week-end serein.

— Oui, maman, c'est vrai. Je suis contente, et surtout, je suis tranquillisée.

Il fait nuit dehors, mais c'est le soleil dans mon cœur. Tout s'illumine. Tout prend la teinte dorée des jours d'été, et je tends mon téléphone à Ours d'Amour afin que lui, aussi, profite de la nouvelle photo de Petit Bébé :

— Tout va bien.

Cette nuit-là, j'ai repris mes rêves bleus, abandonnés pendant bien trop longtemps.

Deux cent quatre-vingt-cinq jours…
moins cent trente et un jours !

Lundi 20 décembre 2021

C'est incroyable, mais j'ai bien passé dix jours sans catastrophe particulière. C'est exceptionnel et cela mériterait même d'être marqué d'une croix blanche sur la cheminée. Petit Bébé, à présent, a la jolie taille d'un chaton. Ou d'un melon, mais, malheureusement, ce n'est plus la saison. Ou d'une grosse boîte de popcorn, de celles que l'on achète au cinéma pour passer un agréable moment en famille. Tiens cela me fait penser qu'il y a bien longtemps que je n'en ai pas mangé. Il faut absolument que je le rajoute à ma liste de courses. Je ne sais pas pourquoi, mais j'ai soudainement envie d'avaler des tonnes de popcorn. C'est si bon, le popcorn.

Mais ce ne sera pas pour aujourd'hui, car dans moins d'une heure, nous partons pour la gare, chercher Fille Bien Aimée que nous n'avons pas vue depuis juin dernier. Les mois s'effeuillent, les jours s'envolent et les heures s'évaporent sans la présence éblouissante de Fille Bien Aimée. Et j'ai beau dire, mais bien caché derrière le paravent de mon quotidien, il y a toujours ce vide qui perdure dans mon cœur, depuis qu'elle est partie. Un trou noir qu'elle a créé en s'éloignant et qui jamais ne sera comblé. Mais je sais, ainsi va la vie, et je suis bien trop contente aujourd'hui pour me laisser submerger par la mélancolie. Pour Noël, toute la famille sera réunie, et cela n'a pas de prix.

Fils de Personne sautille dans la voiture comme une puce sur un trampoline. Il adore Fille Bien Aimée et il n'a qu'une seule idée en tête : jouer avec elle. Pas sûre qu'elle apprécie, car si Fils de Personne est très attachant, il est également très énervant, et surtout, très mauvais perdant.

Enfin, nous y sommes. Parmi tous ces voyageurs, je ne la vois pas. Et je stresse.

- Qu'elle ait raté sa correspondance,
Non, pourtant, elle m'a dit par SMS qu'elle était bien dans le train,

- Qu'elle ait réfléchi et ait brusquement décidé de ne plus nous voir et de repartir illico presto.
Non, elle est trop contente de nous retrouver pour les fêtes.

- Qu'entre la descente du train et le quai de la gare, elle ait subitement disparu,
Non, les enlèvements par des extra-terrestres, ce n'est que dans les histoires.

Il faut vraiment que je musèle mon imagination qui a toujours trop tendance à déborder, car la voilà, toute belle dans son joli manteau couleur du bonheur, qui me fait un grand signe de la main.

Ouf. Elle est là. Nous sommes enfin réunis.

Deux cent quatre-vingt-cinq jours…
moins cent quarante et un jours !

Mardi 21 décembre 2021

Aujourd'hui est un jour spécial. C'est l'anniversaire de Fille Bien Aimée. Un âge au croisement des chemins, à la charnière de la vie, où elle a déjà dit adieu à ses vingt ans et où elle avance à pas de loup vers ses quarante ans. Mon Dieu que le temps est passé vite ! Une fois de plus, je n'ai pas vu les années défiler, je n'ai pas pris conscience du poids des ans qui, insidieusement, se déposait sur mes épaules afin de me courber un peu plus et de déposer çà et là, dans mes cheveux les fils argentés de la vieillesse. Pourtant, je revis aujourd'hui l'heure de sa naissance comme si c'était hier.

Pour Fils Adoré, mon aîné, quand, vers dix-sept heures, avaient commencé les premières contractions, je m'étais précipitée, angoissée (déjà…) à la maternité. La sage-femme m'avait examinée pour me dire :

— Oui, effectivement, le travail a commencé, votre bébé ne devrait plus tarder à arriver. On va vous garder avec nous, c'est pour ce soir, au pire, pour cette nuit. Ce n'est pas la peine que vous retourniez chez vous pour revenir dans une heure.

Tu parles.

On m'avait donc installée dans une petite chambre anonyme, sans âme où je m'y étais morfondue toute la nuit. Les heures passaient, au gré du pas cadencé des infirmières qui allaient et venaient, à l'aune des pleurs des bébés, qui transperçaient la nuit comme de petits éclairs, vifs et fulgurants et à la cadence des jeunes mamans, qui, parfois perdues, appelaient à l'aide. Fils Adoré, lui, tout guilleret, s'était décidé à arriver, bien tranquillement vers les dix heures, le lendemain matin. Aussi je m'étais juré que jamais, plus jamais, on ne m'y reprendrait et que si prochain bébé il y avait, je ne me ferais pas c... heu, avoir comme cela.

C'est pourquoi, le soir de la naissance de Fille Bien Aimée, quand ces petites contractions agaçantes étaient venues perturber ma gentille soirée avec Ours d'Amour, pourtant commencée si paisiblement, je les avais superbement ignorées. Internet n'existant pas encore, j'avais lu quelque part qu'elles devaient arriver régulièrement et à un rythme rapproché pour déterminer le moment de la naissance. Aussi, tranquillement installée dans mon canapé, je tentais de les oublier. Je ne me souviens plus du film qui passait ce soir-là, seulement que ce devait être très amusant, car Ours d'Amour riait toutes les dix minutes pendant que je m'efforçais de déterminer si oui ou non, le temps était réellement venu pour Fille Bien Aimée de découvrir notre monde, tout en m'efforçant de cacher au futur papa que le travail avait peut-être, sûrement même, commencé.

Au moment de se coucher, vers les vingt-deux heures, Ours d'Amour, quand même alarmé par ma démarche pesante de mammouth à l'agonie s'était renseigné :

— Ça va ?

— Oui, oui, ne t'inquiète pas, c'est juste le bébé qui bouge un peu plus que d'habitude.

— Tu ne veux pas qu'on aille à la maternité ?

— Non, ne t'inquiète pas, les contractions vont se calmer.

Tu parles.

Nous nous étions donc couchés. Ours d'Amour finissant par s'endormir, tandis que dans mon ventre, fille Bien Aimée dansait une java de tous les diables.

Vers minuit, je décidais tout de même de réveiller Ours d'Amour qui ronflait doucement :

— Chéri… tu dors ?

C'était bien une question idiote. Bien sûr qu'il dormait. Il ronchonna un « oui » endormi avant de se retourner sur l'autre côté.

— Parce que je crois bien que là, il faut y aller.

— Quoi ?

Complètement éveillé pour le coup, Ours d'Amour se redressa brusquement :

— Là ?... Tout de suite ?...

— Ben… oui…

Et je rajoutais toute penaude, parce que je me rendais subitement compte que du coup, j'avais peut-être un poil trop exagéré dans l'autre sens et que si l'on ne se dépêchait pas un peu, Fille Bien Aimée risquait bien d'arriver comme un météore.

Heureusement, la maternité était à moins de dix minutes de notre domicile. C'était une époque bénie où les hôpitaux ne fermaient pas et où chaque ville de moyenne importance avait sa maternité, même si parfois, le rendement nombre de bébés/an n'était pas toujours au rendez-vous.

En arrivant dans le hall de l'accueil, je n'en menais pas large. Les contractions étaient, cette fois-ci, bien rapprochées, et j'avais comme une tête qui poussait malgré moi sur mon périnée, bien décidée à jeter un œil curieux sur ce monde qui lui annonçait tant de merveilles. La réceptionniste, à demi endormie à cette heure tardive de la nuit, se redressa mollement :

— Oui, c'est pour quoi ?

— Un accouchement…

— Ah ? Bon, attendez un peu, je vais voir s'il y a quelqu'un. Asseyez-vous là.

D'un naturel très timide, en temps ordinaire, je n'aurais pas osé répliquer et j'aurais sagement obtempéré sans broncher. Mais là, je sentais bien que si personne n'intervenait rapidement, j'allais connaître des moments très difficiles, voire gênants pour mon amour propre. Aussi, avant qu'elle ne s'enfonçât dans ce dédale de couloirs sombres où seule, brillait tout au fond, une petite lumière pâlichonne, j'osais :

— Je ne vais peut-être pas pouvoir attendre bien longtemps… mon bébé arrive.

La jeune femme s'arrêta net et me regarda comme si je venais de lui dire :

— Je viens de déféquer sur votre tapis-brosse,

avant de partir précipitamment chercher du renfort. Moins d'une minute après, une sage-femme arrivait avec un fauteuil roulant et m'y installait promptement avant de dire :

— On y va !

Ours d'Amour, un peu perdu dans le déroulé précipité des opérations, les bras ballants s'enquit :

— On va où ?

Sans ralentir le pas, le médecin rétorqua :

— En salle d'accouchement. Si vous voulez venir, c'est tout de suite !

Moins d'un quart d'heure après, Fille Bien Aimée venait au monde, un grand sourire aux lèvres, comme enchantée du bon tour qu'elle venait de nous jouer.

Deux cent quatre-vingt-cinq jours…
moins cent quarante-deux jours !

Vendredi 24 décembre 2021

Ce matin, Ours d'Amour est aux anges. Il a gagné le concours photos de noël organisé par notre clinique vétérinaire en publiant la sublimissime image de Chat Craintif. C'est notre second chat, plus peureux qu'une poule mouillée, mais tellement photogénique. Noir et blanc comme un panda, il a une fourrure si moelleuse, si épaisse, que j'aime y enfouir mon visage. Et avec cela, des ronrons à n'en plus finir dès que je le prends dans mes bras. Ours d'Amour, en bon photographe qu'il est, a su, comme toujours, saisir l'instant magique qui fera voir le cliché sous un jour nouveau. Chat Craintif est vraiment splendide avec son petit bonnet de noël sur la tête et, en flou arrière, de petites lumières multicolores qui font ressortir le vert émeraude de ses yeux. Ours d'Amour aime la photographie comme moi j'aime écrire. Pour cela, nous sommes complémentaires, comme bien souvent. Il me parle photographie, éclairage, zoom, objectif, technique, tout un univers qui m'est largement étranger et qui ne m'attire pas spécialement. J'aime bien la photo, mais à condition de n'avoir qu'à appuyer sur un bouton. Et comme me le fait souvent remarquer ma seconde moitié :

— Tu n'utilises que « le mode con ».

Eh oui. Mais je sais également que si je rencontre un problème avec mon appareil photo, je n'ai qu'à le lui tendre :

— Regarde, il ne fonctionne plus. Il me fait des photos toutes floues !

Il râle, mais au fond, il adore cela. Et immanquablement, il rétorque :

— Tu ne pourrais pas faire un petit effort et apprendre à t'en servir ?

— Ben non, pourquoi ? Tu es là, non ?

Et en soupirant, il règle de nouveau mon petit bridge[5], tout en sachant que c'est peine perdue et que très bientôt, il devra, de nouveau, remettre de l'ordre dans mes programmes que je m'entête à dérégler. Mais à l'inverse, lorsque je lui parle d'écrits, de romans, de concours littéraires, de couverture de livres, de fonds perdus ou pas, d'ailleurs, et de police de caractères, je sais, à mon tour, que je ne l'intéresse pas plus que cela. Mais nous nous écoutons, et nous respectons nos passions mutuelles.

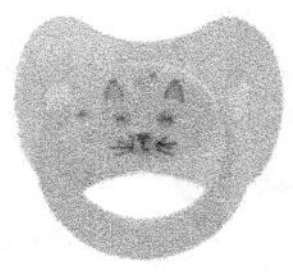

---

[5] Petit appareil photo numérique

Parfois la vie est douce. Parfois tout va bien. Les ennuis sont partis sur la pointe des pieds se distraire ailleurs, les catastrophes de dernière minute ont la bonne idée de ne pas débarquer à l'improviste comme des mal élevées et il flotte dans l'air un petit air de fête qui pétille et qui chante. Tout le monde est d'humeur joyeuse, moi la première. Mes enfants sont là, et la soirée s'avance doucement à la rencontre du père Noël dans une ambiance festive.

Pourtant Chatte Exclusive fait la tête. Elle déteste ces soirées qui transforment son petit univers douillet en un immense champ de bataille où chacun parle, s'exprime et s'exclame sans retenue, l'obligeant à trouver refuge dans mon armoire, entre deux pulls. Il faut dire aussi que Fils Adoré n'a rien fait pour arranger la situation en emmenant avec lui ce soir-là Petit Renard. C'est un chien adorable, que j'aime beaucoup, mais qui ne reste pas en place un seul instant. Et ça, Chatte Exclusive n'aime pas du tout. Mais alors pas du tout. Et pour une fois dans sa vie, Chat Craintif est entièrement d'accord avec son ennemie jurée.

J'ai deux chats qui se détestent et qui ne se supportent pas, tout en étant, paradoxalement, complémentaires. Car si Chatte Exclusive règne en maîtresse incontestée dans la maison, Chat Craintif, lui, conserve le contrôle total de l'extérieur. Chacun dans son domaine, ils s'ignorent superbement, mais que l'un empiète sur le terrain de l'autre, et c'est une belle déclaration de guerre, dûment scellée par de grandes touffes de poil qui volent de-ci, de-là, semblables à de petits papillons noirs et blancs.

Mais finalement, chacun finit plus ou moins par trouver sa place, et c'est le cœur en fête que nous partons à la rencontre du père Noël.

Deux cent quatre-vingt-cinq jours…
moins cent quarante-cinq jours !

Vendredi 31 décembre 2021

Fille Bien Aimée est repartie vers un ailleurs dont nous sommes exclus, emportant dans ses bagages, ses cadeaux de Noël enveloppés d'un voile de tristesse aux couleurs de mélancolie. Mon cœur est affligé de savoir que, cette année encore, je ne pourrai pas partager ces petits moments magiques qui font le quotidien de tant d'autres mamans : une sortie entre mère et fille, un repas à la maison, une séance de cinéma, des éclats de rire fragiles et pourtant, si précieux, des sourires éphémères qui brillent dans la vie comme un phare au milieu de la tempête.

Petit Bébé a à présent la taille d'un chiot bichon maltais et il pèse près de six cents grammes. Je ne peux m'empêcher de penser que dans quelques mois, Fille Chérie mettra au monde son bébé, et bêtement, je m'angoisse. Mais je n'ai pas le temps de m'appesantir sur cette nouvelle idée, car ce soir, de nouveau, ma famille sera réunie, à l'exception, évidemment, de Fille Bien Aimée, et j'ai un repas de fête à préparer.

Fille Chérie et Gendre Idéal sont les premiers à arriver, traînant, dans leur sillage, Mère Eternelle qui ne conduit plus la nuit depuis bien longtemps. Fils

Adoré ne tarde pas à arriver à son tour, et nous commençons la soirée, nimbés d'un bonheur familial sans faille.

Mère Eternelle a apporté de petits présents pour fêter le Nouvel An, sans oublier, bien entendu, Fils de Personne, qui, au fil des années, finit par faire réellement partie de la famille. En voyant le cadeau qu'elle lui tend, il pousse un petit cri de joie comme s'il n'avait rien eu à Noël et arrache fébrilement le joli papier de fête, avant de faire une grimace dégoutée en découvrant son jouet :

— Des voitures en bois, mais c'est pour les *bébés*, ça !

dit-il dédaigneusement avant de rajouter, outré :

— Mais pourquoi mamie elle m'a apporté ça ?

Mère Eternelle, loin de ces considérations enfantines me regarde avec incompréhension :

— Il n'aime pas ?

Discrètement, je tente d'expliquer à Fils de Personne que parfois, les cadeaux peuvent décevoir, mais il continue de râler :

— Déjà que j'avais demandé au père Noël des toupies avec une arène et qu'il ne me les a pas apportées… et puis d'abord, ça, moi, je ne l'ai jamais commandé !

Je lui fais remarquer que du temps des Dinosaures le père Noël n'apportait qu'un ou deux jouets, et encore aux enfants très sages, et que lui, vu la montagne de paquets qui se trouvaient au pied du sapin il n'avait pas à se plaindre. J'ai même rajouté que du temps de la création du monde, les enfants sages avaient une orange dans leur soulier et les autres un oignon, Fils de Personne n'a pas paru très réceptif à mes explications.

Devant son air catastrophé, je ne peux pas m'empêcher d'éclater de rire, tandis qu'Ours d'Amour tente vainement à son tour de lui expliquer le concept de la liste du père Noël. Mais Fils de Personne est en complète rébellion contre la philosophie abusive du Père Noël qui est de ne sélectionner *que* quelques jouets dans la longue liste de ses désirs.

Vexé, il part bouder dans sa chambre et nous continuons notre soirée dans la plus belle des humeurs.

Deux cent quatre-vingt-cinq jours…
moins cent cinquante-deux jours !

Mardi 4 janvier 2021

Nouvelle année, nouvelle maison !

C'est aujourd'hui que Fille Chérie et Gendre Idéal emménagent dans leur nouvelle maison, celle-là même que nous avions été visiter en novembre dernier. Je suis contente, car c'est une très jolie maison, lumineuse, aux pièces spacieuses. Petit Bébé a une chambre magnifique et je l'imagine déjà, dormant à poings fermés dans son petit lit à barreaux.

Mais c'est au tour de Fille Chérie de se faire du mauvais sang : comment Chatte Merveilleuse va-t-elle aborder ce changement de cadre de vie ? Elle a pourtant tout planifié des semaines à l'avance, mais quand l'angoisse vous prend à la gorge, on ne réfléchit plus. J'en sais quelque chose.

Fille Chérie, toujours inquiète, se rend compte que c'est une page de sa vie qui se tourne. Elle dit adieu pour toujours à son ancien logement qui l'a accueilli pendant près de quatre années, pour se tourner vers un futur dont elle aimerait déjà en avoir écrit les lignes. Alors, pour l'instant, rien ne va. Elle oublie les difficultés rencontrées dans son ancien appartement pour ne voir que les défauts de cette nouvelle maison.

L'avenir, parfois, fait peur, mais Fille Chérie est forte, et je sais qu'elle abordera cette nouvelle vie avec le sérieux dont elle fait preuve en toute occasion.

Deux cent quatre-vingt-cinq jours…
moins cent cinquante-six jours !

Dimanche 9 janvier 2022

Fille Chérie n'est pas totalement emménagée, mais elle a tout de même tenu à nous inviter, avec Mère Eternelle, Belle-Maman Adorable et Grand Garçon pour l'anniversaire de Gendre Idéal.

Belle-Maman Adorable, elle aussi tombe sous le charme de cette jolie petite maison, et c'est le cœur en fête que nous tirons les rois, avec les galettes qu'elle vient d'apporter.

Fils de Personne, soudainement très intéressé par les gâteaux alors que, d'habitude, il les dédaigne, se pose tout de même une question cruciale :

— Et si je n'ai pas la fève ?

Fille Chérie, toujours très précise dans ses propos, confirme bien ce qu'il soupçonnait :

— Pas de fève, pas de couronne !

Horrifié à la seule idée de ne rien découvrir dans sa part, et, en conséquence, de ne pas être couronné roi du jour, Fils de Personne tournicote autour de nous, tentant maladroitement de savoir dans quelle part cette fichue figurine pourrait bien se trouver. Et lorsque vient, pour lui, le moment décisif, il se montre subitement indécis et, un doigt dans la bouche, le regard allant d'une part à l'autre sans s'arrêter, il ne parvient pas à se décider.

Pourtant, j'ai fait ce que j'ai pu, en mettant précisément la part de gâteau magique devant son nez de petit garçon, mais évidemment, il avance la main vers la part opposée. Je tente alors de dévier son choix :

— Tu es sûr ? Parce que, regarde, là, cette part-là, elle m'a l'air bien meilleure.

Il me regarde comme si je venais de lui dire que j'avais mis de la mort-aux-rats dans la part que je lui destinais, et attrape vivement le morceau de gâteau vierge de toute figurine… pour ensuite le laisser de côté en s'apercevant qu'il ne sera pas couronné roi de la journée. Dégoûté, il regarde piteusement Fille Chérie qui brandit triomphalement sa fève, comme un trophée.

Heureusement, Fille Chérie, dont l'enfance n'est pas si loin que cela, lui pose solennellement la couronne sur la tête, et Fils de Personne, ravi, subtilise en douce le morceau de porcelaine tant convoité, avant d'aller s'installer sagement devant la télévision.

Fille Chérie en profite pour nous annoncer qu'aujourd'hui, elle entame son sixième mois de grossesse.

Déjà…

Deux cent quatre-vingt-cinq jours…
moins cent soixante et un jours !

Jeudi 13 janvier 2022

Fille Chérie, ce matin, a posté une jolie story : un adorable petit lapin, les oreilles au vent et le nez frémissant. J'aime les lapins. D'ailleurs, j'en ai eu quelques-uns dans ma jeunesse, dont j'en garde un souvenir attendri.

Petit Bébé a atteint la jolie taille de ce petit mammifère et pèse aujourd'hui près d'un kilo.

En ce début d'année, nous commençons vraiment à parler layette et puériculture. Ce qui, il y a un mois, était encore lointain se rapproche à la vitesse d'une étoile filante. Petit Bébé se fait de plus en plus présent dans nos vies.

C'est la période des soldes, et Fille Chérie passe des heures à choisir poussette, landau et autres matériels de naissance. Un peu perdue devant le choix titanesque qu'offrent aujourd'hui les marchands, elle m'inonde de messages afin de demander conseil à Ours d'Amour, qui est ravi d'apporter sa pierre à l'édifice.

Les soldes, je n'en profite pas souvent, mais là, également, de mon côté, je me lâche et je commence à acheter ces adorables petites choses qui vont très vite devenir indispensables… ou pas.

Deux cent quatre-vingt-cinq jours…
moins cent soixante-cinq jours !

Jeudi 20 janvier 2022

Décidément, je suis toujours autant en admiration devant la technologie moderne.

Je viens de recevoir, par Messenger, une liste de naissance absolument fabuleuse, créée par Fille Chérie et Gendre Idéal. Il y a longtemps qu'elle m'en parle et qu'elle la peaufine, et enfin la voilà.

Pour mes enfants, je n'en ai jamais fait, car, à l'époque, il n'y avait qu'une seule solution : déposer la liste chez les commerçants de la ville, et surtout, le bouche-à-oreille.

Aujourd'hui, je tombe sous le charme de cette liste qui envoie allègrement vers des liens permettant d'acheter directement sur les sites sélectionnés. Une belle photo aux couleurs d'automne avec un joli petit pull estampillé « petit cœur » précède un texte tout aussi adorable :

C'est un Baby Boy ! Actuellement, il sous-loue un studio assez étroit... Prochainement, son bail va prendre fin, et il a envie de voir plus grand ! Pour ça, il faut plein d'affaires - vous savez, le premier emménagement, tout ça, on est tous passés par là -. Alors si vous voulez nous aider à préparer la venue au monde de Baby Boy, bienvenue sur sa liste de naissance.

Nous avons mis ici ce qui nous parait indispensable pour l'accueillir au mieux (oui, oui c'était difficile, nous ne sommes pas toujours d'accord, et on a eu mille questions sur comment s'occuper d'un nourrisson - Merci à nos parents et Google au passage!)

Si vous voulez participer, mais que rien ne vous plait dans cette liste, un lien vers une cagnotte est aussi disponible un peu plus bas pour nous aider à acheter poussette, meubles, cosy, etc...

Nous avons aussi ajouté une catégorie un peu moins commune. Et oui, nous pensons que la période de la grossesse et le post-partum sont aussi importants que bébé en lui-même. Ce fameux "mois d'or" qui permet à maman et papa de bien se préparer avant, et de bien récupérer après pour repartir de plus belle.
Merci à vous si vous choisissez de soutenir ces étapes importantes de la vie, mais souvent oubliées.

Nous avons tellement hâte d'agrandir notre famille et nous vous remercions de tout cœur pour chaque participation, même moindre, petites attentions ou mots gentils de votre part. On est déjà si entourés, grâce à vous tous.

Alors, MERCI ❤

Fille Chérie est ravie. Sa liste est à peine publiée depuis deux heures qu'elle a déjà trois cadeaux promis. Et il y a tellement de choix, que j'ai l'impression d'être devant la liste du père Noël de Fils de Personne.

Deux cent quatre-vingt-cinq jours…
moins cent soixante et onze jours !

Mardi 24 janvier 2022

Ours d'Amour est scandalisé. Indigné. Outré. Il vient de découvrir que dans sa liste de naissance, Fille Chérie souhaite avoir des photos de Petit Bébé quelques jours seulement après la naissance. En cela, rien de bien extraordinaire en soi. Mais en allant voir le site internet de la photographe sélectionnée, il est tombé sur ses clichés de présentation qui tous, il faut bien le reconnaître, tendent vers le jaune afin de donner un petit côté sépia aux photos.

Et Ours d'Amour, en photographe puriste qu'il est, s'en indigne :

— Non, mais regarde-moi ça. Tu as vu la teinte de ces photos ? Aujourd'hui, avec tous ces logiciels de traitement de photos, on arrive à faire du grand n'importe quoi. Et elle fera quoi, ta fille, dans vingt ans, quand la mode sera passée et qu'elle voudra retrouver la vraie couleur de ses photos ? Hein ?

Je note au passage l'emploi de l'expression « *ta fille* » qui dénote de sa grande exaspération. C'est bizarre, mais à chaque fois que mes enfants ne vont pas dans son sens à lui, ou ne font pas comme il l'entend, ils deviennent tout à coup *mes* enfants, comme s'il n'avait absolument rien à voir dans l'histoire.

— Et puis, regarde, poursuit-il, mettre des bébés dans des bassines comme si on les jetait à la poubelle, franchement…

Il secoue la tête, tout en brandissant sa tablette sous mon nez :

— Regarde, mais regarde !

Je conviens que, effectivement, faire des photos de nouveau-nés dans des baquets à lessive n'est pas du plus heureux. Puis je reconnais effectivement que la même couleur, toujours appliquée partout, peut, probablement, lasser. Et je conviens sans souci que dans vingt ans, Fille Chérie sera peut-être déçue d'avoir ce genre de photos. Mais je temporise comme je peux :

— Oui, je sais, ce n'est pas du tout ton style de photos, mais c'est la mode en ce moment, on n'y peut rien, hélas.

Il hausse les épaules dédaigneusement :

— Peuh ! ils me font rire, avec leur lifestyle ! Pourquoi ne m'a-t-elle pas demandé de les lui faire ? J'aurais fait beaucoup mieux, se lamente-t-il piteusement.

Je le console de mon mieux :

— Bien sûr que tu en feras des photos. Mais elle a dit que tu n'avais pas le nécessaire adéquat pour faire des photos de ce genre.

— Bah, je n'ai pas besoin de bassines à linge pour faire de jolies photos de Petit Bébé, moi !

Froissé, il part ruminer son mécontentement dans la chambre.

Je note au passage dans mon agenda mental de lui acheter de jolis fonds afin qu'il puisse faire de belles photos de Petit Bébé, afin qu'il retrouve son sourire.

Deux cent quatre-vingt-cinq jours…
moins cent soixante-quatorze jours !

Vendredi 28 janvier 2022

Je croule sous les messages d'une Fille Chérie plus que ravie. Sa liste de naissance fait un tabac et elle n'arrête pas de recevoir les cadeaux demandés.

Ses amis, famille et connaissances rivalisent pour lui offrir qui un hochet, qui un lit parapluie, qui une panoplie de biberons. Fille Bien Aimée, du fin fond de son exil lui a déjà offert un magnifique tapis de découverte, qui au déballage s'avère plus rose que beige, un ravissant bavoir, un très joli hochet et une belle trousse de soins.

Fille Chérie se plaint de la qualité des photos sur les sites marchands qui ne reflètent pas totalement la réalité. Je la console en lui disant que de toute façon, elle s'en fiche, elle avait dit « qu'on ne ferait pas genre ».

— Oui, mais maman, c'est bien rose, quand même.

Le « genre » tendrait-il, au fil du temps, à virer au bleu ?

Belle-Maman Adorable n'est en pas reste en achetant un magnifique lit parapluie et en précisant bien que ce ne serait pas tout de sa part.

— Mamaaan, t'es vraiment pas cool !

Ah, tiens, je viens de recevoir un nouveau message de Fille Chérie, et en le lisant, je pouffe. Bien sûr que je ne suis pas cool, sinon, cela ne serait pas marrant. Bien entendu, j'ai, moi aussi acheté quelque chose sur sa liste. Une adorable petite baleine qui projette de douces lumières au plafond sur fond de musique douce. Petite Fille a eu la même chose à sa naissance, mais sous forme de tortue, et Fille Chérie enviait à son frère cette merveilleuse veilleuse que bébé peut emmener partout. Alors, je l'ai achetée… tout en précisant bien à Fille Chérie qu'elle ne verrait son cadeau que le jour de la naissance.

— Maman, mais enfin, je crois que tu n'as pas bien compris le concept de la liste de naissance : ceux qui veulent participer choisissent quelque chose dans ma liste, ils l'achètent, et *ils l'envoient directement chez moi*, ils ne gardent pas le cadeau chez eux en otage !

Ah, ça, j'ai parfaitement compris. Seulement, je ne suis pas d'accord avec ce principe. D'abord, c'est un cadeau pour Petit Bébé, pas pour Fille Chérie, donc, elle attendra un peu avant de jouer avec.

Elle tente une dernière manœuvre :

— Et puis d'abord, si tu ne me le donnes que le jour de la naissance, je n'aurai pas le temps de comprendre comment cela fonctionne.

Pour cela, je ne me fais pas souci : Fille Chérie n'a aucun problème avec la technologie moderne, et elle aura compris le fonctionnement de cette jolie veilleuse avant que j'aie eu le temps de sortir de la pièce. Et puis, d'abord, ce n'est que justice : Fille Chérie s'est fait tirer l'oreille pour nous dire le sexe du bébé avant notre petite réunion familiale -alors que j'ai appris, après coup, que la grand-mère de Gendre Idéal en avait été informée bien à l'avance-, alors, c'est une petite vengeance de maman.

Oui, je sais, ce n'est pas joli, joli, mais pour bien enfoncer le clou, je lui envoie une petite vidéo où j'ouvre le colis afin de lui montrer, aussi brièvement qu'un battement de paupières la jolie petite baleine qui dort sagement dans sa boîte de carton, avant de terminer la vidéo sur un très beau cliffhanger.[6]

Sa réaction ne tarde pas à arriver :

— Mamaaan, mais tu es vraiment impossible !

Oui, je sais. Et je ris, comme une gamine.

Deux cent quatre-vingt-cinq jours…
moins cent soixante-dix-huit jours !

---

[6] Littéralement « personne suspendue au rebord de la falaise », est, dans la terminologie anglophone des œuvres de fiction, un type de fin ouverte, laissée en suspens, afin de créer une forte attente.

Lundi 31 janvier 2022

Il fait beau. Le soleil, rieur, inonde de lumière la campagne environnante, tandis que le gazouillis des oiseaux accompagne notre promenade matinale. Les effluves de thym sauvage chatouillent agréablement nos narines pendant que je pousse joyeusement le landau de Petit Bébé, qui, bercé par le mouvement, dort paisiblement, tel un ange. Fille Chérie, à mes côtés, éclate de rire, tout en jetant un regard radieux à son fils, qui, en sentant le regard de sa maman, esquisse un sourire dans son sommeil. Je suis bien. Plus d'ennuis. Plus d'angoisse. Juste un bonheur tout simple, celui de promener mon petit-fils sur le chemin qui longe le bord de l'Ouvèze. Fille Chérie…

— Bzzzz ! Bzzzz ! Bzzzz !

La sonnerie revêche de mon réveil fait voler en éclat mon doux rêve, tandis que, brutalement ramenée à la réalité, je sursaute comme une voleuse prise la main dans le sac. Et flûte. Rattrapée par la dure réalité quotidienne, je ronchonne après cette brute de réveil qui vient de ruiner ma première rencontre avec Petit Bébé, et je me lève comme la momie de Toutankhamon qui reviendrait à la vie après des siècles d'oubli. Chatte Exclusive a encore squatté toute la nuit sur mes jambes, blottie bien au chaud contre mes membres inférieurs, qui, tout ankylosés, se font tirer l'oreille pour fonctionner de nouveau convenablement.

J'arrive dans la cuisine aussi souple qu'une baguette de tambour, tandis qu'Ours d'Amour, comme à son habitude, a bondi du lit sans se soucier d'un quelconque problème articulaire. Parfois, je le hais. J'allume, d'une main, ma cafetière, de l'autre mon sacro-saint téléphone sans lequel je ne sais plus vivre et commence à préparer le petit déjeuner. La notification d'un SMS de Fille Chérie ne se fait pas attendre. À peine allumé, et mon portable relaie déjà le premier message de la journée. Mais la réalité familiale m'a hélas appris qu'un message de Fille Chérie à sept heures du matin, n'est pas toujours synonyme de fête et d'insouciance.

— Dis-moi quand tu auras un moment seule ce matin.

Ah, tiens, qu'est-ce que je disais ! « Un moment seule », sous-entend, sans Ours d'Amour à proximité, ce qui, étant donné que nous ne fonctionnons pas l'un sans l'autre, s'avère être mission impossible. Je réponds du tac au tac, avec le petit smiley approprié :

— Seule ? Jamais !

— Ah… Je t'envoie un truc, mais tu ne le montres pas à papa, hein ?

Houla la, que je n'aime pas ce genre de discussion dès potron-minet. Qu'est-ce qu'il lui arrive encore ?

Quinze secondes plus tard, je reçois la photo d'un test positif, que Fille Chérie tient entre deux doigts comme si cela allait la mordre, mais ce n'est pas un test de grossesse !...

De nouveau, le ciel me dégringole sur la tête, et les nuages avec, et les étoiles par-dessus. Fille Chérie, est de nouveau positive à la Covid-19, moins de cinq semaines après sa première infection… et avec déjà deux doses de vaccin injectées en bonne et due forme.

— Rassure-moi, maman, ce n'est pas possible d'être deux fois positive en si peu de temps ?

Hélas, si.

Cela faisait quelques jours que Fille Chérie ne se sentait pas bien, avec de la fièvre, des maux de tête et une toux persistante. Mais elle comme moi, avions mis cela sur le dos d'une bronchite persistante. En hiver, quoi de plus normal. Jamais je n'aurais imaginé qu'il y aurait récidive de cette sale bestiole qui nous pourrit la vie depuis trop longtemps.

Fataliste, je l'appelle, et tente de la rassurer, en lui disant que souvent, la seconde fois est beaucoup moins forte que la première.

Comme me dit souvent Ours d'Amour devant mes angoisses, parfois infondées je l'admets, mais pas toujours :

— Il faut re-la-ti-vi-ser !

Alors… relativisons !

Deux cent quatre-vingt-cinq jours…
moins cent quatre-vingt-un jours !

Vendredi 4 février 2022

Fils de Personne ne veut plus aller en colonie de vacances ! C'est dommage pour lui, car il y part demain pour quinze jours. Quinze jours bénis où Ours d'Amour et moi-même allons nous retrouver en tête à tête. Il y a bien longtemps que cela ne nous est plus arrivé, et nous avons déjà quelques petites idées de balades et de sorties dont personne ne nous fera renoncer.

Avoir Fils de Personne à la maison, c'est comme avoir un enfant à soi, mais la famille en moins. Ce qui veut dire qu'il est toujours avec nous, sans aucun espoir de le confier à quelqu'un d'autre, sept jours sur sept, trois cent soixante-cinq jours, moins une petite trentaine de jours dans l'année, généreusement « octroyés » par le service de placement. Certains enfants placés vont faire des relais dans d'autres familles d'accueil, mais pas Fils de Personne. Pas assez sociable pour cela, personne n'en veut. On me le ramène toujours manu militari, le reproche aux lèvres et les lèvres grimaçantes comme d'avoir mordu dans un citron vert en me disant :

— Il a mordu !..

— Il a tapé !...

— Il s'est bagarré avec mes autres enfants…

Eh oui, Fils de Personne est un petit être asocial qui ne se sent bien que chez nous, et qui refuse tout contact prolongé avec autrui. Ours d'Amour pense que, quelque part, il est un peu autiste. Moi je crois surtout qu'ailleurs, personne ne prend le temps de découvrir les trésors cachés de Fils de Personne, qu'il prend un malin plaisir à dissimuler sous une large couche de violence.

Personne n'en veut. Pas même sa mère. Alors Fils de Personne traîne son mal-être et sa tristesse sous des comportements agressifs qui volent en éclat quand on connait la bonne manière de s'y prendre avec lui. La seule solution, celle qui dédouane tout le monde et me permet de souffler, est de refiler la patate chaude à une quelconque colonie de vacances… en croisant les doigts pour que tout se passe bien.

Fils de Personne va donc aller passer quinze jours de vacances à la neige. Les huit premiers jours pour apprendre à skier, et huit autres en compagnie de chiens de traineaux. Joli programme et Fils de Personne est absolument ravi de partir, jusqu'à ce qu'Ours d'Amour ne vienne semer la graine de la discorde dans ce joli rêve. Il faut dire aussi que l'occasion était trop belle. Nous regardions tranquillement à la télévision une émission sur les sports d'hiver olympiques et à un moment donné, un skieur se lance d'un immense tremplin, à la vitesse d'un météore pour finir, après quelques jolies figures acrobatiques, bien campé sur ses deux pieds tout en bas de la piste.

— Tiens, voilà exactement ce que tu vas faire, demain, en arrivant à ta colonie ! s'exclame Ours d'Amour avec bonne humeur.

Fils de Personne lui jette un regard ahuri, ouvre une bouche à s'en décrocher la mâchoire, avant de se lamenter :

— Mais je ne sais pas faire cela, moi ! C'est bien trop difficile !

Puis il cherche du secours de mon côté :

— Il rigole, hein ? Je ne vais pas faire cela demain, dis ?

Je hausse les épaules :

— Non, bien sûr que non, tu ne vas pas faire cela demain. Quand même, ce ne sont pas des sauvages là-bas. Ils vont te laisser le temps d'arriver, ne t'inquiète pas. Ils vont bien attendre dimanche avant de t'envoyer sur le tremplin. Mais ne te fais pas de souci, les figures acrobatiques, elles ont l'air compliquées, comme cela, à première vue, mais, en fait, c'est très simple.

— Oui, poursuit Ours d'Amour, hilare. Il faut juste que tu fasses attention à bien retomber sur tes deux pieds au bout du tremplin, et ça ira tout seul.

Fils de Personne, n'arrive pas à refermer la bouche. Ses yeux vont de la télévision, qui continue de diffuser les prouesses des skieurs professionnels à nous, et je peux l'entendre ronchonner :

— Mais je n'y arriverai jamais, moi…

Le soir même, il nous annonçait qu'il était hors de question qu'il aille dans cette colonie de vacances, et que, du coup, il préférait largement la mer à la montagne.

Finalement, il n'y a pas que Fille Chérie qu'on aime bien embêter…

Deux cent quatre-vingt-cinq jours…
moins cent quatre-vingt-cinq jours !

Samedi 5 février 2022

Il n'y a pas une demi-journée que Fils de Personne est parti passer ses vacances de rêves en pleine nature, que je reçois déjà un appel paniqué de ma Chef de Service. Un samedi après-midi, c'est rare. Très rare.

— Le responsable de la colonie vient de m'appeler, oh, rien de grave, mais je tenais tout de même à me faire confirmer… Fils de Personne n'est pas allergique, dites ? Vous nous l'auriez signalé, tout de même ?

Je ne peux pas m'empêcher de sourire. Depuis cinq ans que Fils de Personne vit au sein de notre foyer, bien évidemment que j'en aurais parlé si cela avait été le cas. Amusée, car je connais Fils de Personne mieux que quiconque et je sais son degré d'invention quand il veut faire aller les choses en son sens :

— Non, bien sûr que non, pourquoi ?

Soulagée, mon interlocutrice me répond :

— Ah bon tant mieux. C'est juste qu'il a été dire qu'il était allergique au poisson et à la viande, et qu'il ne fallait surtout pas lui en donner. Du coup, au centre de vacances, ils se sont inquiétés, car rien n'avait été signalé, et ils ont préféré m'appeler.

Oh, le petit filou. Je le reconnais bien là. Fils de Personne a de très gros troubles alimentaires, ça, c'est sûr. Et il faut déployer des trésors de persuasion (et de patience) pour lui faire avaler quelques légumes et autres produits en dehors des pâtes et des pommes. Mais avec un peu de persévérance, on y arrive très bien. Fils de Personne, qui ne se voyait pas se compliquer la vie dès son arrivée a su prendre des raccourcis drastiques…

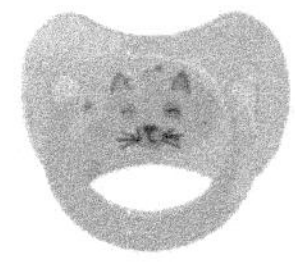

Tiens, Gendre Idéal a changé sa photo de profil sur Facebook. J'enlève mes lunettes, car, hélas, ma vue n'est plus aussi bonne qu'avant et je ne vois plus très bien de près avec, afin d'examiner ce nouveau cliché. En noir et blanc, tout en ombres et lumières, je vois le ventre tout rond de Fille Chérie et la main de Gendre Idéal, protectrice, posée dessus comme sur un trésor. C'est une très belle photo, toute en douceur, et qui montre que Petit Bébé prend, à présent, toutes ses aises dans le ventre maternel.

Je la montre à Ours d'Amour, qui, d'habitude très critique sur les photos, reconnaît qu'effectivement, le travail fait par le photographe est exceptionnel.

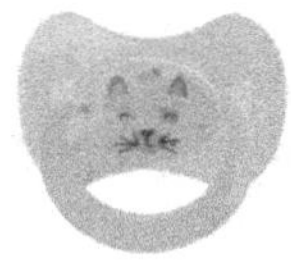

Oh, la la, c'est terrible ! Fille Chérie vient de mettre une nouvelle story en ligne, et j'en reste sans voix. Eh bien décidément, il y a du nouveau ce soir. Après la jolie photo sur le compte de Gendre Idéal, Fille Chérie vient de poster une belle citrouille. Elle entre dans son troisième trimestre, et Petit Bébé a aujourd'hui la grosseur de cette jolie cucurbitacée. Et moi qui ai laissé passer cela ! Vite, je fonce sur mon application fétiche. Oui, c'est exact. En fait, il s'agit d'un potiron, mais pas sûre que cela fasse une grande différence. Et si je regarde mieux, Petit Bébé a la taille d'un très joli chiot ou… d'une boîte de chocolats. Mais une très grosse boîte de chocolat. Et Fille Chérie a rajouté :

— Longueur : 38 – 42 cm

— Poids : 1,15 – 1,7 kg

Mon ami Einstein me tape sur l'épaule, hilare. Je n'ai pas vu le temps passer. Mais cette fois-ci, les aiguilles de l'horloge se sont emballées, menaçant de se décrocher de la pendule, tant le temps a filé sans que je m'en aperçoive.

Deux cent quatre-vingt-cinq jours…
moins cent quatre-vingt-six jours !

Dimanche 6 février 2022

Mon cœur vient de dégringoler d'un étage. Il a raté un battement, en a laissé filer un second, avant de se rattraper sur le troisième. Je viens d'ouvrir la nouvelle story de Fille Chérie, et cette fois-ci, c'est moi qui ouvre la bouche à m'en décrocher la mâchoire après avoir lu le texte qu'elle vient de publier :

Je me suis rendue aujourd'hui chez un photographe pour un shooting. Mais je suis tombée dans un piège. Comme je n'étais pas d'accord avec ce qu'il me proposait, il s'est mis en colère, il m'a balancé des objets à la figure, et m'a humiliée comme jamais je ne l'ai été en me disant que je lui avais fait perdre son temps…

…J'ai eu très peur, et je remercie un autre photographe, professionnel celui-là, d'être venu à mon secours…

Voilà des années que Fille Chérie est modèle photographique, et si, au tout début de sa carrière, j'ai pu avoir des inquiétudes, car, justement, on sait trop ce qui peut se cacher derrière certains individus qui se disent « photographes », le professionnalisme de ceux qu'elle choisit toujours soigneusement a fini par me rassurer. Mais là, en lisant ces quelques lignes… qu'a-t-il bien pu se passer ? A-t-elle été malmenée ? Et Petit Bébé aussi ?

La petite story de Fille Chérie a remis un jeton dans le flipper des angoisses. La balle bondit. Rebondit. Part, de façon désordonnée, à droite, à gauche, avant de filer à toute vitesse vers le haut pour dégringoler brutalement en bas, dans des tilts de plus en plus affolés. Et le film de l'épouvante commence, peu à peu, à se dérouler dans ma tête :

J'imagine Fille Chérie devant la maison des Horreurs, vieille, sale, délabrée, semblable à l'antique hôtel décrépi de Shining[7], qui, inconsciente du danger, pousse une porte qui se referme brusquement derrière elle, l'avalant goulument afin de la propulser au plus profond de ses entrailles pour ne plus jamais la régurgiter. Je vois Fille Chérie, poussant des cris perçants, en larmes, trouver refuge derrière le rideau à douche d'une salle de bain décrépie et nauséabonde, dans un mauvais remake de Psychose. Un si faible bastion, qui, semblable aux remparts de Jéricho volera en éclats au moindre coup de trompette. Je me représente Fille Chérie, attrapant une bouteille de

[7] Film d'horreur psychologique tiré d'un roman de Stephen King

mauvais parfum pour la fracasser sur le crâne de son agresseur, gagnant ainsi de précieuses minutes qui lui permettront de s'échapper. J'anticipe la fuite précipitée de Fille Chérie, à demi nue, dans de sombres et étroites ruelles, poursuivie par un psychopathe en puissance. Je me projette aux côtés de Fille Chérie, qui, en pleurs, m'appelle vainement à l'aide. Je la visualise, courant à perdre haleine, trébuchant, se relevant, pour mieux s'étaler quelques pas plus loin. Je l'imagine tomber en avant, sur Petit Bébé, et son ventre, déjà malmené, éclater comme un fruit trop mûr, laissant sortir un Petit Bébé déjà à demi mort. Je…

… Et puis, d'abord, où était Gendre Idéal pendant que Fille Chérie se faisait malmener, molester, insulter, voire… non pas voire. C'est tout et c'est déjà beaucoup, car s'il y avait eu plus, Fille Chérie m'aurait déjà appelée à l'aide, en sanglots. Mais je note tout de même dans mon agenda mental d'avoir une longue, une très longue conversation avec lui, de déjà mère à futur papa, et de lui intimer de ne plus jamais laisser sortir Fille Chérie et Petit Bébé sans chaperon.

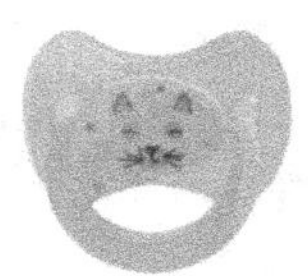

Ma descente d'adrénaline me laisse les jambes flageolantes, et je m'assieds. Décidément, cette chaise de cuisine, si anodine, si simple, est devenue, ces derniers mois, ma meilleure amie. J'essaie de refréner, tant bien que mal, les battements affolés de mon cœur, avant d'envoyer, d'un doigt tremblant à Fille Chérie :

— Mais qu'est-ce que c'est, que cette histoire ?

— Mais non, maman, rassure-toi ! Ce n'est pas moi. Juste une jeune fille à qui il est arrivé cette mésaventure. J'étais en shooting à une quarantaine de minutes d'où cela s'est passé, et elle a appelé mon photographe afin qu'il vienne la chercher. Nous y sommes allés, bien évidemment, mais elle était très choquée, la pauvre. Moi, j'ai juste relayé sa story.

Je ronchonne en lui répondant :

— Ah oui, mais quand même, préviens ta vieille maman avant de poster des story pareilles, à ce rythme-là, mon cœur ne va pas tenir longtemps.

Je reçois, en retour, un smiley hilare.

Ingrats. Les enfants sont ingrats, de rire des angoisses de leurs parents. Quand même. Ce ne sont pas des choses à faire. Les story de Fille Chérie sont trop dangereuses pour ma santé mentale. Je me promets de ne plus les regarder.

Au moins jusqu'à demain…

Deux cent quatre-vingt-cinq jours…
moins cent quatre-vingt-sept jours !

Jeudi 10 février 2022

Ma chaise ! Où est ma chaise ? Ma jolie chaise. Ma gentille chaise. Mon incontournable chaise. Si simple. Si jolie. Si… pratique. Comme un sprinter sur les derniers mètres, je fonce vers la cuisine et je m'effondre sur celle, qui, ces derniers mois, est devenue ma meilleure alliée.

Je suis au téléphone avec Fils Adoré et le moins qu'on puisse dire c'est qu'il sait ménager ses effets. Fils Adoré ne sait jamais comment nous dire les choses. Alors, il tergiverse. Il louvoie. Il biaise. Bref, il barguigne. Et il a la sale manie de passer par Fille Chérie pour nous annoncer certains évènements familiaux afin que ce soit elle qui monte au créneau, pour qu'ensuite je répercute les nouvelles à Ours d'Amour.

C'est une tradition bien ancrée, et cette fois-ci n'a pas fait exception. Il y a quelques jours Fille Chérie m'avertit par SMS que Fils Adoré a peut-être, sûrement, même, quelques « petits trucs » à nous annoncer.

Là, je sens bien qu'il y a anguille sous roche. Fille Chérie m'en dévoile un peu, pas trop, histoire de susciter mes interrogations maternelles et faire grimper le manomètre de mes angoisses à son paroxysme. Et une fois le terrain déblayé, Fils Adoré entre alors en action :

— Coucou, maman, Fille Chérie t'a parlé ?

— Oui.

— Lol !

Tiens, les poupées Lol sont de retour. Ce n'est pas bon signe, ça.

— Et alors ?

— Alors, rien, elle ne m'a pas dit grand-chose.

— Ah… Et du coup, tu veux en savoir un peu plus ?... Tu veux que je t'appelle ?

Non, surtout pas… je ne tiens pas vraiment à savoir. (mais parfois, je sais aussi faire mon hypocrite).

— Oui, bien sûr ! (*tu penses bien…*)

Quinze secondes après, je suis en grande conversation avec Fils Adoré, qui, lui non plus, ne se préoccupe absolument pas de mon pauvre cœur déjà rudement malmené par Fille Chérie depuis de longs mois. En toute innocence, il ouvre les hostilités :

— Fille Chérie t'a dit que j'avais rencontré quelqu'un ?

— Oui, elle m'a dit. Mais elle ne m'en a pas dit beaucoup plus.

— Il y a déjà un petit moment qu'on se connaît et qu'on se fréquente, tu sais.

— Genre ?

— Genre… un an !

Ah oui, tout de même !…

— Quoi ? Et c'est seulement maintenant que tu nous préviens ? Il ne t'est pas venu à l'idée de nous avertir avant ?

— Oui, mais tu sais, j'ai toujours du mal à parler de ces choses-là. Mais voilà… dis… tu serais d'accord, si on se mariait le mois prochain ?

— Quoi ? Attends un peu… c'est une blague, là ?

— Ben non… pourquoi, t'es pas d'accord ?

C'est à ce moment-là précis, que j'ai filé m'asseoir sur ma gentille chaise, soutien physique de mes tourments émotionnels.

— Attends… tu ne peux pas te marier là, tout de suite, dans un mois, alors qu'on ne connaît même pas cette jeune femme et encore moins sa famille ?

— Ah ! mais c'est-à-dire que… on pensait se marier sans vraiment vouloir faire une grande noce, tu sais.

— Oui, mais là, tu vois, il y a quand même un minimum à respecter. Et je ne crois pas que ton père soit vraiment d'accord pour que tu te maries tout seul dans ton coin.

J'imagine tout à fait Ours d'Amour confronté à cette situation ubuesque, à qui j'annonce, entre le fromage et le dessert :

— Ah, et au fait, je ne t'ai pas dit ? Ton fils vient de se marier, mais il n'a pas jugé bon de marquer le coup et de nous inviter.

Là, c'est sûr, ce n'est plus mon cœur qui flanche, mais le sien !

Fils Adoré est à un tournant de sa vie où il jette un regard navré à ses trente ans, sans toutefois encore apercevoir l'aube de ses quarante et qu'il veuille enfin se marier est une excellente nouvelle, mais quand même, on peut au moins y mettre les formes.

Ours d'Amour, qui vient de prendre la conversation en cours de route, croit d'abord à une bonne blague, avant de s'asseoir à son tour sur la deuxième chaise de ma cuisine, qui, décidément, sont très sollicitées ces derniers temps.

Après plus d'une heure de conversation téléphonique, nous convenons que quand même, peut-être, sûrement, même, il serait tout de même de bon ton de rencontrer sa promise avant le mariage.

Deux cent quatre-vingt-cinq jours…
moins cent quatre-vingt-dix jours !

Samedi 12 février 2022

- Fils de Personne a tapé.

- Fils de Personne a mordu.

- Fils de Personne a balancé un coup de pied dans les c… heu, dans les parties intimes de son camarade.

- Fils de Personne a envoyé son poing dans la figure de son copain.

- Fils de Personne a failli casser le nez de son ami, le pauvre pissait du sang de partout.

- Fils de Personne…

Voilà déjà dix minutes que je suis au téléphone avec le directeur de la colonie de vacances, un directeur dans tous ses états devant la barbarie de Fils de Personne. Franchement, je n'aurais jamais dû décrocher mon téléphone. Mais qu'est-ce qu'il m'a pris de répondre ? Je n'ai pas réfléchi, la force de l'habitude, voilà tout. Dans dix minutes nous avons rendez-vous avec Fille Chérie et Gendre Idéal pour aller manger au restaurant, et voilà que je n'arrive pas à me dépêtrer de ce pauvre homme complètement largué et en panique totale.

— Vous savez, Fils de Personne n'est pas mon fils, c'est un enfant placé, je n'ai aucun pouvoir de décision le concernant.

— Oui, je sais bien. Mais il doit bien y avoir un éducateur à qui je peux parler ? Parce que là, franchement, cela ne va pas faire. Je ne vais pas pouvoir le garder, il faut le surveiller pire que le lait sur le feu.

Je manque m'étrangler de rire :

— Un éducateur ? *Un samedi* ? Mais vous ne trouverez personne au service de placement durant le week-end, personne ne travaille.

Le responsable me semble complètement déboussolé devant un cas qui le dépasse :

— Mais enfin, il est un habitué de ce genre de comportement ?

Bien sûr, que Fils de Personne est coutumier du fait. Depuis toujours. Mais le service de placement, tout comme les éducateurs, n'en a rien à faire. Pour eux, Fils de Personne n'est qu'un dossier qu'on range tranquillement dans un tiroir, en appuyant bien fort, voire en lui balançant un bon coup de pied afin qu'il ferme bien. Deux tours de clés, et hop, on passe au tiroir suivant. Personne ne veut connaître les problèmes existentiels de Fils de Personne. Tant que cela tient, ma foi, pourquoi remuer la fange ? Alors, je jongle, avec les mamans des autres enfants qui me prennent à partie quand Fils de Personne a mordu ou tapé leur progéniture, en m'agressant :

— *Votre fils* a mordu ma fille. Regardez, on voit encore la marque de ses dents sur sa joue.

— *Votre fils* a cassé les lunettes de mon fils.

— *Votre fils* a…

Et non, ce n'est pas *mon* fils. Mais quand il y a des problèmes, je prends pour les parents démissionnaires depuis des années. Et je me débrouille comme je peux avec l'école, le centre de loisirs et même les collègues qui n'en peuvent plus et ne veulent plus le garder. C'est sûr que quinze jours de colonies de vacances, je savais que cela n'allait pas le faire. Mais quel choix avais-je ? Entre des éducateurs démissionnaires qui ne se donnent même plus la peine de s'enquérir des problèmes des enfants placés, qui ne se déplacent jamais au domicile des familles d'accueil pour chercher des solutions aux problèmes posés, et le fait que Fils de Personne est incasable, j'avais le choix entre la peste et le choléra : ou je le laissais partir en colonie et advienne que pourra, ou je faisais une croix sur mes congés, et ça, pas question, déjà que ceux que l'on peut avoir se résument à peau de chagrin !

Alors, oui, j'ai joué la carte de l'hypocrisie à fond et sans polémiquer, j'ai répondu, d'un ton mielleux :

— Bien sûr qu'il a l'habitude de ce genre de comportement... mais... comment ? Les éducateurs ne vous ont pas prévenu de ce gros souci comportemental ?

Il s'offusque :

— Bien sûr que non !

— Oh, eh bien alors là, je ne comprends pas. C'est leur boulot ce genre de chose. Franchement, je pensais bien qu'ils vous avaient prévenu. Parce que quand même, c'est un problème connu et répertorié.

Tu parles, même pas en rêve qu'un éducateur aurait décroché son téléphone pour prévenir. Surtout pas !

— Bon, eh bien, c'est comme ça, soupire-t-il. Mais qu'est-ce que je fais, à présent ?

— Vous n'avez plus qu'à appeler l'astreinte. Je ne vois que cette solution, parce que moi, actuellement, je suis en congé. Je ne suis pas sur place, et je ne vais pas pouvoir venir le récupérer.

— Ah bon ? Vous êtes en congé ?

J'ai très nettement perçu le désappointement au fond de sa voix, avant qu'il ne poursuive :

— Désolé, je ne savais pas. Je vais appeler l'astreinte alors. Excusez-moi de vous avoir dérangée.

Il parait que ce brave homme, durant la dernière semaine, n'a pas arrêté d'appeler le service de placement. Mais je dois lui reconnaître une chose : il a tenu bon, il a respecté mes congés (merci, merci) et il n'a pas renvoyé Fils de Personne.

Il a eu du mérite.

Ours d'Amour et moi-même avons pleinement profité de nos quinze jours en toute quiétude, et nous avons fait un superbe repas au restaurant avec Fille Chérie, Petit Bébé tout content qui n'arrêtait pas de balancer des coups de pied (lui aussi) et Gendre Idéal.

Deux cent quatre-vingt-cinq jours…
moins cent quatre-vingt-douze jours !

Samedi 19 février 2022

Fils de Personne est de retour. En entier.

- Pas d'œil poché,
- Toutes ses dents,
- Pas de bleus, si ce n'est à l'âme,
- Pas de morsures,

Je n'en dirais pas autant de ses camarades.

Nous avons droit, par le menu à ses aventures à la neige et il est tout content de nous parler des merveilleux chiens de traineaux qui l'ont baladé durant ses vacances. Au moins, il ne les a pas mordus, c'est déjà ça.

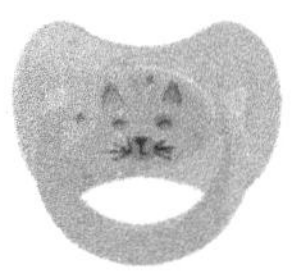

Fils de Personne a retrouvé sa chambre, ses jouets et sa télévision. Il est heureux. Moi, beaucoup moins. Car je viens de m'apercevoir que durant ces quinze jours loin de la maison, Fils de Personne :

- N'a pas pris une seule douche,

- Ne s'est pas lavé une seule fois les dents,

- N'a pas changé de vêtements.

Tel que je l'ai amené, tel je le retrouve.

Les moniteurs, en colonie, sont souvent plus jeunes que Fille Chérie, et Fils de Personne, en opportuniste de la première heure, a bien su profiter de leur insouciance.

Deux cent quatre-vingt-cinq jours…
moins cent quatre-vingt-dix-huit jours !

Vendredi 25 février 2022

Ours d'Amour est au taquet. Depuis six heures ce matin, il se tourne et se retourne dans le lit sans pouvoir retrouver le sommeil. Moi, par contre, je continuerais bien de dormir. Mais Ours d'Amour ne se préoccupe pas de ma fin de nuit gâchée, quand il ne dort plus, il ne dort plus, et il le fait savoir en bougeant sans cesse. Moi, dans ces cas-là, je ne m'agite pas, je le laisse terminer sa nuit. Au besoin, je prends discrètement ma liseuse, et j'en profite pour avancer dans ma lecture. Pourquoi ne fait-il pas pareil ? Ah, oui, c'est vrai, il n'a pas de liseuse. Mais ce n'est pas une raison, j'ai envie de dormir, moi.

Dix minutes avant l'heure officielle du lever, il est déjà debout. Là, ça m'énerve ! Moi qui aime grappiller la moindre miette de mon sommeil, moi qui apprécie la plus petite minute gagnée dans mon lit, bien au chaud, et sans le début des ennuis qui ne tarderont pas à se manifester durant la journée, j'ai horreur qu'on sonne le clairon avant l'heure. Mais bon, de toute façon, cela fait une heure que je ne dors plus, c'est fichu, et je me lève en soupirant.

C'est un grand jour pour Ours d'Amour, et, même si je râle, je comprends tout à fait son impatience. Car c'est aujourd'hui qu'il va faire son premier vrai shooting avec Fille Chérie et Petit Bébé, et il stresse comme s'il devait aller travailler pour la première fois de sa vie.

Voilà déjà deux jours qu'il me rabat les oreilles avec ses appareils photo et toute la technique qui va avec. J'ai tout eu : les différentes poses des modèles dans les magazines, une leçon sur les bienfaits des éclairages et de la luminosité, et il a même fallu que je me positionne sur sa roue chromatique afin de savoir si ses fonds photos seront bien adaptés à la couleur de la robe de Fille Chérie.

La veille, j'ai eu la frayeur de ma vie. J'ai cru qu'Ours d'Amour partait en vacances… sans moi. Il a passé la journée entière à préparer ses affaires et à charger dans la voiture, cartons, boîtes, tissus et autres objets hétéroclites. Franchement, j'ai cru que l'on partait pour quinze jours de road-trip à travers la France !

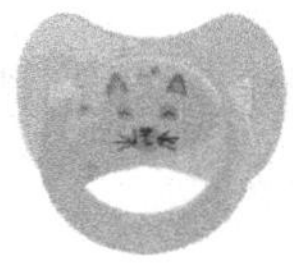

Fille Chérie nous attend de pied ferme à partir de dix heures. Mais dès neuf heures, Ours d'Amour n'en peut plus. Il tourne en rond comme un lion en cage, fonce à la voiture vérifier que tout est bien en place, revient à la maison, ouvre le placard afin d'inspecter le moindre recoin pour le cas où il aurait oublié un accessoire, repart. On dirait moi à ma dernière remise de prix littéraire. Tant et si bien qu'à neuf heures trente, il attrape ses clés avant de me lancer un :

— Allez, on y va !

J'ai à peine le temps d'envoyer un message à Fille Chérie que la voiture file déjà sur la route.

— On avait dit dix heures, se lamente-t-elle.

Je lui envoie un petit smiley de soutien et moins de cinq minutes après, nous sommes arrivés.

Fille Chérie est vraiment splendide. La maternité lui va bien. Son visage s'est arrondi, ses hanches élargies et Petit Bébé occupe toute la largeur d'un ventre déjà bien rebondi. Elle est auréolée d'une lumière intérieure qui clame au monde son état de future maman.

Ours d'Amour s'affaire. Il rentre. Sort. Revient de nouveau avant de repartir. Effarée, Fille Chérie commente :

— Tout ça ?

Je rigole :

— Oui, tout ça. Tu connais papa…

Finalement, tout est en place, nous n'attendons plus que la vedette. Fille Chérie arrive, magnifique dans sa robe couleur de lune, qui rehausse la clarté de son teint. Les petites paillettes de son corsage jettent des reflets d'or dans sa chevelure, et la dentelle de la robe lui fait comme un halo irréel autour d'elle. On dirait un ange. Ours d'Amour est ravi. Il mitraille, photographie, avance, règle ses boîtes de lumière, met le flash, l'enlève, recule de deux pas, prend des angles improbables, tente un éclairage, puis râle parce que cela ne va pas, redresse un pli sur la robe de Fille Chérie, qui se prête gentiment au jeu.

Fille Chérie a l'habitude des poses, puisqu'elle travaille avec de nombreux photographes, mais jamais encore elle ne s'était prêtée au jeu avec son père. C'est un moment de complicité rare, qu'ils apprécient chacun de leur côté. Et moi qui avait espéré avoir un peu de tranquillité pour avancer dans mon roman, j'en suis pour mes frais, car Ours d'Amour m'a trouvé une nouvelle casquette : celle d'assistante du photographe.

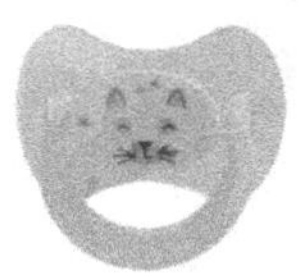

La journée passe à la vitesse d'un cheval au galop. Et déjà il est temps de tout ranger et de repartir.

Ours d'Amour, le sourire jusqu'aux oreilles, reprend le chemin de la maison.

C'est une journée mémorable que nous n'oublierons pas de sitôt.

Deux cent quatre-vingt-cinq jours…
moins deux-cent-trois jours !

Mardi 1er mars 2022

Fille Chérie m'appelle :

— Maman, dis, tu as une minute ?

Oh, ce n'est pas bon ça…

— Voilà, j'ai eu mon premier cours pour l'accouchement aujourd'hui.

— Oh, mais c'est génial, ça !

— Oui… Enfin, non !

— Non ? Comment ça, non ? Ce n'était pas bien ?

— Mamaaan… mais c'était horrible !

— Horrible ? Comment ça, horrible ?

— Oui. Elle nous a raconté tout un tas d'horreurs sur comment allait se passer l'accouchement, et surtout, ce qu'il faudrait faire si ça se passait mal. On a parlé de l'épisiotomie, de la césarienne… mais maman, j'en veux pas moi, d'une épisiotomie. Ni d'une césarienne. C'est horrible, on t'ouvre de partout.

De nouveau, je peste, car je ressens l'angoisse dans la voix de Fille Chérie. Est-on obligé d'annoncer le pire à des femmes qui ne savent encore rien de l'enfantement et qui déjà angoissent beaucoup ? Ne vaudrait-il pas mieux aborder ce sujet un peu plus tard dans les cours plutôt que de larguer tout à trac, comme une bombe au-dessus d'un pâté de maisons ? Du temps des dinosaures, il y avait quelque chose qui s'appelait « la diplomatie » et qui ménageait un peu les futures mamans.

— Maman ?

— Oui ?

— Je ne veux plus accoucher !... Je suis sortie de mon cours de préparation les larmes aux yeux. Elle n'a fait que parler de césarienne, de forceps, ventouses, spatules, délivrance du placenta, épisiotomie, points, urgences, péridurale… je veeeeux plus !...,dis, maman… ça s'est passé comment, pour toi ?

Ah, celle-là, il y a déjà un petit moment que je l'attendais. Quelle est la femme, à l'approche du terme, qui ne s'est jamais posé la question ? Quelle est la femme qui, au dernier moment, n'a jamais reculé devant l'inéluctable ? Il me semble bien, d'ailleurs, avoir eu le même questionnement envers Mère Eternelle.

Alors, comme toutes les mères avant moi ont fait avec leurs filles, j'ai trouvé les mots. Les mots qui rassurent. Les mots qui apaisent. Les mots qui sécurisent. Enfin jusqu'au moment où :

— Dis, maman… ça fait si mal que ça, d'accoucher ?

En toute honnêteté, puis-je vraiment dire non ? Non, cela ne fait pas mal, non c'est de la rigolade. Alors je temporise :

— Cela dépend des femmes, tu sais. Il y en a qui ont plus mal que d'autres, ou qui accouchent plus vite. Mais te dire que ça ne fait pas mal, ça je ne te le dis pas.

— Oui, c'est bien ce qu'il me semblait. Parce que la sage-femme, elle nous a dit qu'on allait le sentir passer. Que pour le premier, l'accouchement durait environ huit heures, et que les contractions faisaient très très mal. Et qu'elles duraient longtemps.

Oh, la c…. heu, l'idiote ! Aller balancer des âneries pareilles à des parturientes. Non, mais quand même ! Évidemment, je m'abstiens de lui dire que pour moi, l'accouchement de Fils Adoré a duré plus de dix heures, et je tente de la rassurer :

Elle t'a raconté n'importe quoi. Les contractions ne font pas mal tout le temps. Au début, c'est comme un gros mal de ventre. Après, au fur et à mesure que le travail avance, elles deviennent un peu plus douloureuses, c'est vrai, mais il n'y a qu'au final qu'elles sont plus fortes.

Et de rajouter :

— Crois-tu que si c'était si terrible que cela j'aurais fait trois enfants ?

Fille Chérie ne m'a pas l'air plus convaincue que cela. J'enfonce donc la fleur dans le bouquet, en lui sortant la même réponse que me fit Mère Éternelle en son temps :

— Et puis, tu sais, quand tu verras ton bébé, quand tu le serreras dans tes bras, tous ces désagréments seront très vite oubliés.

Pas sûre que j'ai réussi à la persuader, tout comme Mère Éternelle ne m'avait guère convaincue à l'époque.

Deux cent quatre-vingt-cinq jours…
moins deux-cent-sept jours !

Lundi 7 mars 2022

Chatte Exclusive vient de se prendre une bonne claque sur les fesses. Elle est partie en furie se réfugier sous le divan, et depuis, je vois bien qu'elle me fait la tête. Ce n'est pas la peine que j'essaie de l'amadouer, elle me considère, à juste titre d'ailleurs, comme la responsable de son exclusion. Mais il faut dire aussi que Chatte Exclusive a largement exagéré.

Habituellement, Chat Craintif ne vient pas dans la maison, car cette peste de chatte lui en refuse l'accès. Là, profitant de ce qu'elle pratiquait son occupation favorite : la sieste, Chat Craintif s'est glissé subrepticement dans la maison, avant de se diriger, à pattes de velours vers mon lit. Ce n'est pas souvent qu'il s'y risque, de peur de la réaction de Chatte Exclusive, mais aujourd'hui, il fait froid et une petite pluie fine tombe depuis ce matin, pénétrant malgré tout, son pelage qu'il a pourtant bien épais. Et j'estime à juste titre que le confort de la maison n'est pas exclusivement réservé à Chatte Exclusive et que Chat Craintif, lui, aussi, peut en profiter.

Mais apparemment, Chatte Exclusive n'est pas du même avis.

Mon bon gros matou dormait donc du sommeil du juste, étendu de toute sa longueur, pattes écartées, sans plus se soucier du monde extérieur, lorsque Chatte Exclusive, prévenue comme par magie de sa présence, s'est brusquement éveillée.

Comment a-t'elle su qu'il était dans la maison ? Comment s'est-elle aperçue qu'il dormait dans la chambre ? Les radars félins n'ont pas encore révélé toutes leurs subtilités. Quoi qu'il en soit, Chatte Exclusive a sauté en bas du divan comme si elle avait été piquée par une guêpe, et s'est dirigée à pas de loup vers le lit où Chat Craintif accomplissait le terrible sacrilège d'y faire la sieste. Après avoir un instant humé l'air afin de bien vérifier qu'il n'y avait pas erreur sur la personne, cette petite peste est montée furtivement sur le bout du lit, elle s'y est assise un instant, le temps d'observer puis d'évaluer la situation, avant de se diriger à pas comptés vers l'intrus. Puis, de toute sa puissance, elle a bondi sur sa poitrine.

Réveillé en sursaut, Chat Craintif a effectué un très joli saut de carpe, avant de se réfugier, totalement en panique sous le lit, tandis que Chatte Exclusive se pavanait sur le lit de nouveau libre.

C'est à cet instant précis qu'elle s'est ramassé sa claque sur les fesses, et que moi, en retour, j'ai reçu un formidable coup de griffe qui illustrait tout à fait son Miaou indigné.

Vendredi 11 mars 2022

Ma batte de base-ball ? Où ai-je bien pu ranger ma batte de base-ball ? Pas sous le lit, ça, c'est sûr. Dans l'armoire, alors ? Non. Au-dessus, peut-être ? Non plus.

Ah oui, c'est vrai… je n'ai pas de batte de base-ball. Pourquoi ? Tout simplement parce qu'Ours d'Amour ne pratique pas ce sport. Une grave lacune à mon avis. Ce n'est pas grave, j'ai conservé le rouleau à pâtisserie de ma grand-mère. Un petit dépoussiérage, et il sera comme neuf. C'est un bon vieux rouleau comme on n'en fait plus. Lourd comme l'ancre d'un navire, et surtout fabriqué par mon grand-père dans du chêne massif. Ça, c'est un bon ustensile de cuisine. Il ne m'a jamais fait défaut, et là, je crois qu'il va servir.

Parce que je vais y monter, moi, à la maternité, et la c… heu, l'imbécile de sage-femme qui, depuis plus de huit jours terrorise Fille Chérie (et moi avec par ricochet) en lui balançant des horreurs à tout va, elle va entendre parler du pays.

Je vais d'abord lui envoyer deux ou trois coups de rouleau en pleine figure, histoire de lui remettre les idées en place, et puis je vais repeindre les murs blancs du pôle santé avec sa cervelle.

Après, on discutera.

Fille Chérie a une grossesse compliquée, depuis le départ. Ça, on le sait, ce n'est pas une surprise. Petit Bébé fait des siennes depuis qu'il a la taille d'un grain de riz, ce n'est pas une nouveauté non plus. Mais est-ce une raison suffisante pour pratiquer la politique de la terre brûlée ? A-t-elle besoin de détailler plus que nécessaire un accouchement qui risque de très mal se passer ? Surtout pour un premier bébé. Ne pas cacher la vérité, oui, je suis d'accord, mais appuyer là où ça fait mal trop longtemps, ça ne sert qu'à élargir la blessure voire, à la gangréner.

Résultat, voilà déjà deux nuits que Fille Chérie n'arrive plus à dormir. Et ça, ce n'est pas bon. Ni pour elle, ni pour Petit Bébé. Il faut, au contraire, qu'elle essaie de se détendre.

Fille Chérie a entamé son huitième mois, et Petit Bébé est en travers. Complètement en transversale, et d'après la sage-femme, il lui reste très peu de temps pour se retourner de lui-même. Au mieux, on pourrait espérer un accouchement par le siège. Au mieux… Donc, elle lui a décrit en long, en large, en travers, en majuscule et en caractères gras, ce qui l'attendait si Petit Bébé ne changeait pas très vite de position. De nouveau, elle lui a dit que ce serait très douloureux. Très sincèrement, je crois que cette vipère est sadique et qu'elle prend un malin plaisir à terroriser ses patientes… et les mamans des patientes !

Il parait qu'il n'y a qu'un pour cent des femmes enceintes dont les bébés présentent ce genre de configuration. Ours d'Amour, désabusé, a bien résumé la situation :

— Évidemment, il faut que cela tombe sur nous.

Eh oui, bien sûr. Comment aurait-il pu en être autrement ?

D'ici quinze jours, les médecins vont essayer l'acupuncture, il parait que cela donne de très bons résultats. Sinon, il faudra hospitaliser Fille Chérie afin de tenter de le retourner manuellement. Mais ce sera en dernier recours, car cette opération comporte des risques.

Petit Bébé n'est pas encore né, que Fille Chérie est déjà une Mère Courage comme on en fait peu. Depuis huit mois, elle affronte les difficultés la tête haute, sans jamais reculer, et sans jamais baisser les bras.

J'ai peur pour elle. Pour Petit Bébé. Je suis triste. Mais je suis si fière d'elle.

Deux cent quatre-vingt-cinq jours…
moins deux-cent-dix-sept jours !

Mardi 15 mars 2022

Fils de Personne vient d'étrangler un CP.

Tiens, celle-là, il ne me l'avait encore jamais faite. Ça va chercher dans les combien, ça, une tentative d'étranglement ? Du coup, toute l'école est en ébullition, directrice en tête. Son maître, catastrophé, vient de m'appeler. Il ne sait plus quoi faire avec Fils de Personne. Coups de pieds, morsures, coups de poing, impolitesse, insubordination, la liste est longue et s'allonge chaque jour davantage. Bien entendu, il a été puni. Mais cela tombe mal pour son maître, car c'est un enfant qui adore être puni. Comme disait mon père :

— ça, ou pisser dans un violon…

Je n'ai d'ailleurs jamais vraiment compris cette expression. Il me semble, au contraire, que le fait d'uriner dans un instrument de musique devrait interpeller et mettre en alerte. Or, cette ancienne expression est tout le contraire. En attendant, Fils de Personne se fiche des punitions comme de sa première chaussette, il les recherche même, car il a ainsi le sentiment d'exister.

Vu la gravité des faits, j'envoie tout de même un mail à son référent. Après tout, il faut bien qu'il s'implique un tant soit peu. Je tente souvent de minimiser les mauvaises actions de Fils de Personne, car je connais ce qu'il a pu subir étant petit, mais quand même, il y a des limites. Et, oh, miracle, je reçois une réponse dans l'instant :

— *Je suis en congé jusqu'au 31 mars, mais n'hésitez pas à me laisser un message ou à contacter le secrétariat.*

Ah oui. Je me disais aussi… J'en serais tombée de ma chaise s'il avait sauté sur son ordinateur pour me répondre de suite. Ce n'est pas grave, d'ici là, il aura eu le temps de crever l'œil d'un de ses camarades, avant que le service ne se décide à réagir. Cela a déjà failli arriver une fois quand il était plus petit, et là aussi, j'avais eu toute l'école en émoi, mais ce n'était pas la même école. Du coup, ça ne compte plus.

Dans la foulée, puisque le référent répond aux abonnés absents, je contacte le Sessad [8]qui m'avait bien dit que s'il y avait quelque chose de grave qui arrivait, je pouvais compter sur eux.

---

[8] Service d'Education et de Soins à Domicile. Apporte un encadrement médical, psychologique et éducatif aux enfants en grandes difficultés

Le Sessad ne me rappellera jamais… Il doit avoir la même définition du mot « urgence » que celle du référent.

J'affronte donc seule l'ire directoriale, mais dirais-je, comme d'habitude.

Deux cent quatre-vingt-cinq jours…
moins deux-cent-vingt-et un jours !

Mercredi 23 mars 2022

Je ne sais pas pourquoi, mais j'ai eu mal au ventre toute la nuit, moi. Je me suis tournée, retournée dans mon lit. Je me suis même levée faire quelques pas, chatte Exclusive dans mon sillage qui se demandait bien pourquoi je jouais au fantôme alors que le jour n'était pas encore levé.

Ce matin, j'emmène Fille Chérie à sa séance d'acupuncture à dix heures, et on va lui planter des aiguilles sur le bout des doigts et dans les pieds. Rien que de l'imaginer, cela me fait froid dans le dos. Du coup, j'ai eu l'impression que c'était moi qu'on bardait d'aiguillons comme un rôti avant d'aller au four. Je crois fermement que dans une vie antérieure, j'ai dû être torturée par les pieds, car je ne supporte pas qu'on me touche, ne serait-ce que le bout des orteils. Alors de penser qu'un médecin sadique s'amuserait à m'enfoncer, aiguille après aiguille, de petites pointes dans mes pieds, j'en ai la nausée et la tête qui tourne. Ah oui, mais c'est vrai, ce n'est pas moi qui vais subir cela. Il n'empêche que je me sens mal pour Fille Chérie, qui n'est pas plus rassurée que moi, il faut bien l'admettre.

Au petit déjeuner, ce matin, Ours d'Amour a fini par me dissuader d'emporter mon rouleau à pâtisserie en emmenant Fille Chérie à son rendez-vous gynécologique. Pourtant, l'idée me séduisait bien, moi. Mais il parait que cela ne se fait pas d'agresser les gens qui vous racontent des horreurs. Ce n'est pas diplomatiquement correct. Soit. Mais il n'empêche que la main me démange sacrément. Et une main qui glisserait un peu trop fort sur la joue d'une horrible personne sadique, est-ce que cela compterait pour une attaque ?

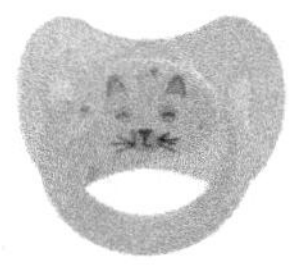

Finalement, et comme ~~toujours~~ souvent, Ours d'Amour avait raison. J'ai bien fait de laisser mon rouleau à pâtisserie à la maison. À la maternité, j'ai attendu Fille Chérie pendant presque deux heures. J'ai eu le temps de lire un livre entier, enfin plutôt de le survoler parce qu'il était à mourir d'ennui et pour un peu je me serais endormie sur ma chaise. Ce qui aurait été un petit exploit parce qu'elle était plus dure que les derniers croquants de Provence[9] achetés au supermarché du coin.

J'ai eu la possibilité de mettre au moins une centaine de « j'aime « sur Instagram et de répondre à mes fans (si, si, j'en ai), de traiter mes mails en souffrance depuis un petit moment déjà, avant de voir une Fille Chérie soucieuse, suivre au pas de course la sage-femme qui l'entrainait à l'autre bout du bâtiment. Quelques instants plus tard, je reçois un message :

— C'est plus long que prévu, désolée, je passe une échographie, là.

Une échographie ? Comment ça, une échographie ? Mais ce n'était pas prévu au programme, ça, une échographie ! Pas aujourd'hui. Allons bon… Que se passe-t-il, encore ?

Du coup, mes mails, mon livre et mon Instagram ne m'intéressent plus du tout, et je reste plantée là, sur ma chaise, comme une cruche abandonnée au bord du ruisseau. À tel point qu'au bout d'un moment, j'ai l'impression qu'une colonie de solenopsis invicta[10] est en pleine colonisation de ma

[9] Biscuits provençaux traditionnels très durs à base d'amandes

[10] Fourmi de feu, espèce invasive originaire d'Amérique du Sud, très agressive et dont le venin provoque de fortes douleurs.

jambe gauche, et commence à envahir la droite. Il faut que je bouge avant d'être dévorée vivante par ces horribles fourmis semblables à un millier de petites aiguilles qui me piquent les jambes. Je préviens Fille Chérie :

— Je vais boire un café et me dégourdir les jambes.

Moins d'une demi-heure plus tard, Fille Chérie me rejoint à la voiture :

— Maman, c'est formidable, mon bébé a changé de position cette nuit. Il est revenu tête en bas. Oh, maman, je suis trop contente.

Finalement, Ours d'amour à ~~toujours~~ souvent raison.

Deux cent quatre-vingt-cinq jours…
moins deux-cent-vingt-neuf jours !

Jeudi 24 mars 2022

— Où ai-je bien pu ranger mon vieux thermomètre à mercure ?

C'est incroyable comme les choses dont on a besoin disparaissent. Il suffit que l'on veuille leur mettre la main dessus pour qu'elles s'évanouissent dans la nature. Il me semblait pourtant bien l'avoir rangé dans l'armoire à pharmacie ?

Ah non, c'est vrai. Je l'ai expédié à Fille Bien Aimée lors de la première vague de covid, elle n'en avait pas. Mais alors ? Qu'est-ce que je vais bien pouvoir offrir à Ours d'Amour à midi, moi ?

Du mercure, ça ne court pas les rues, ça. Ah, peut-être que dans le garage ? Il me reste peut-être un vieux pot de peinture qui en contiendrait. Ah mais non, si j'offre cela à Ours d'Amour il va mal le prendre et croire que je lui demande de repeindre la façade. Et ce n'est pas le jour qu'il me fasse la tête, parce qu'aujourd'hui, nous fêtons nos trente-huit ans de mariage.

Trente-huit ans. Mon Dieu. C'est toute une vie. Et de penser qu'aujourd'hui nous avons vécu plus longtemps ensemble que seuls, ça me fait tout drôle.

Qui a inventé le calendrier des années de mariage ? Il y a des fois je me demande comment l'idée d'attribuer des noms improbables est venue. Les noces de mercure, je crois bien que c'est l'une des pires. Enfin, je me console en me disant que dans deux ans ce sera les noces d'émeraude, et ça, c'est très intéressant. D'ailleurs, j'ai déjà repéré dans la petite bijouterie du coin… Mais j'extrapole, là. Pour l'instant, il faut que je me concentre sur mon mercure, car depuis le début, nous essayons, avec plus ou moins de succès, il faut bien le reconnaître, de trouver un petit objet en rapport avec l'année de notre mariage.

L'année dernière, c'était facile, c'étaient les noces de papier. J'avais fabriqué pour Ours d'Amour une adorable petite cocotte en papier, dont j'étais très fière. Mais j'ai déchanté en la lui offrant, car ma douce moitié m'a demandé, très intrigué, pourquoi je lui offrais un canard…

Je vais aller télécharger une image sur internet, et je la collerai sur le petit poème que j'avais fait pour Ours d'Amour il y a quelques années, et mes mots, comme la première fleur du printemps, feront le reste. J'aime beaucoup ce petit texte, et malgré le temps qui a blanchi nos cheveux, il n'a pas pris une ride.

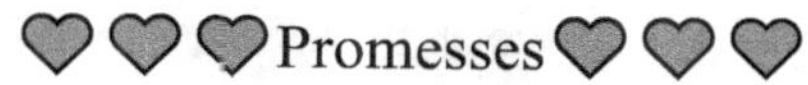

Promesses

Main dans la main et tête contre tête, nous cheminerons sur les routes de la vie. Le fleuve de notre existence s'écoulera, tantôt paisible, tantôt tumultueux, et lorsque les écueils menaceront de t'arracher à mon étreinte, je te retiendrai de toutes mes forces pour que tu ne sois pas emportée par les eaux sombres du néant.

Pour toi, je serai ce rayon de soleil qui te réchauffera ; je peindrai les étoiles aux couleurs de l'amour et je décrocherai la lune pour te parer d'une robe aux reflets d'espérance. Je me ferai source pour murmurer mes secrets à tes oreilles ; je me ferai ombre pour marcher à tes côtés ; je me ferai chat pour me blottir contre ton cœur et me ferai rossignol pour te chanter mon amour. Je chasserai tes cauchemars à grands coups de baisers puis je découperai la Voie lactée pour t'en faire un morceau de ciel qui te protégera des orages de la vie. Je me ferai clown pour sécher tes larmes, et chevalier pour te protéger. Et lorsque les pierres du chemin me feront vaciller, je recueillerai sur tes lèvres au goût de cerise la force de continuer vers l'infini.

Je transformerai mes baisers en papillons couleur de rêve qui s'envoleront, portés sur les ailes de l'amour, jusqu'au firmament où ils inscriront *"je t'aime"*, en lettres de feu. Je recevrai tes caresses, comme un souffle de vent tiède qui me frôlera puis se transformera en mistral pour m'emporter vers de lointains horizons. Je t'emmènerai dans mon jardin secret, et ensemble nous cultiverons les roses de l'amour.

Quand nos enfants balbutieront, je me ferai murmure pour un sourire et brise d'été pour un rire. Quand ils feront leurs premiers pas, je me ferai chasseur de loups et tueur de dragons. Si, plus tard, ils te manquent de respect, je me ferai tempête pour les dompter et quand leur âme vagabonde, à leur tour, rencontrera l'âme sœur, je me ferai soupir, mais jamais regret.

Quand, un jour, la neige recouvrira nos cheveux de son blanc manteau, quand les rides creuseront sur nos visages leurs sillons impitoyables, je t'offrirai le refuge protecteur de mes bras et nous naviguerons sur les vagues de nos souvenirs. Lorsqu'enfin la vie nous courbera et que le temps nous rattrapera, je te guiderai jusqu'au bout du chemin. Si, injustement, le destin impitoyable t'arrache à moi, je me ferai fantôme et mes pleurs deviendront rivière. Et si, par mégarde, les portes de l'éternité s'ouvrent trop tôt devant moi, je m'assiérai sur le rebord du monde, et je t'attendrai. Quand enfin, tu me rejoindras, main dans la main et tête contre tête, nous partirons vers les jardins éternels où notre amour continuera sa course jusqu'à la fin des temps.

Parce que c'était lui, parce c'était moi, voilà trente-huit ans déjà que nous cheminons main dans la main comme au premier jour. Une poussière dans l'immensité de l'univers, mais qui valait bien qu'on lui consacre un petit chapitre.

Deux cent quatre-vingt-cinq jours…
moins deux-cent-trente jours !

Jeudi 31 mars 2022

J'ai des envies de pastèques, c'est à peine croyable. Je voudrais croquer dedans et sentir ce petit goût sucré au bord de mes lèvres. Je voudrais entendre les pépins noirs éclater sous mes dents. Je voudrais admirer cette jolie couleur rouge orangé semblable à un coucher de soleil en plein été.

Ce matin, Fille Chérie a posté une nouvelle story où Petit Bébé a atteint la taille d'une pastèque, le dernier stade de son évolution intra utéro. Cinq semaines avant l'apocalypse. Cinq énormes semaines encore à patienter. À n'en plus pouvoir. À se demander ce que sera « l'après ». Petit Bébé a la taille confortable d'un agneau, voire d'un gâteau de mariage. Carrément. Il mesure entre quarante-huit et cinquante-deux centimètres et pèse entre trois et quatre kilos.

Mère Eternelle est impatiente. Elle n'en peut plus. Moi non plus.

Voilà trop longtemps que Petit Bébé squatte le ventre de Fille Chérie, et nous aimerions bien, à présent, faire sa connaissance. Parce que les échographies, elles sont très belles, je le reconnais, mais elles sont loin de refléter la réalité. Il paraitrait même que Petit Bébé a des cheveux. C'est incroyable ce que révèlent ces clichés de nos jours. J'en reste sans voix.

Depuis le début, Petit Bébé nous a fait passer par toutes les couleurs de l'émotion. Du rire aux larmes, de l'espoir au désespoir, de l'excitation à l'abattement. Il a largement occupé le devant de la scène, et nous voudrions bien, à présent, qu'il fasse son entrée dans le grand monde.

Mais Petit Bébé se fait tirer l'oreille. Neuf mois, c'est long.

Beaucoup trop long.

Deux cent quatre-vingt-cinq jours…
moins deux-cent-trente-sept jours !

Samedi 2 avril 2022

Ce matin le renard est passé. J'ai retrouvé ses crottes dans mon allée, et je crois bien qu'il m'a croqué une tourterelle, il y avait des plumes partout le jardin. Heureusement que Chat Craintif était rentré hier soir. Je ne sais pas lequel des deux gagnerait en cas de duel, mais je préfère ne pas prendre de risques, et le soir, Chat Craintif et Chatte Exclusive n'ont pas la permission de minuit. Chatte Exclusive en a pris son parti, mais Chat Craintif, lui, me fait bien savoir son mécontentement d'être emprisonné de la sorte. Je m'en fiche, le renard ne goûtera pas à mon chat !

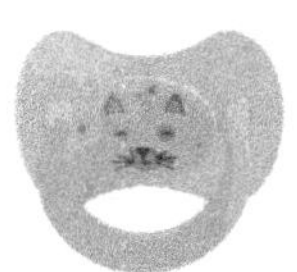

Fils de Personne ronchonne. Fils de Personne râle. Fils de Personne n'est pas content, et il me le fait savoir. Je reconnais que pour une fois, il n'a pas tort. C'est la cinquième fois qu'il va en colonie de vacances en un peu moins de neuf mois et il en a marre :

— Pourquoi maman elle ne peut pas me garder ? S'insurge-t-il. Maman m'avait promis que j'irais chez elle aux prochaines vacances.

Sa mère garder son fils plus de trois jours d'affilée ? Même pas en rêve. Autant lui demander de gravir l'Everest à cloche-pied. Alors Fils de Personne regimbe et rouspète :

— Et puis d'abord, pourquoi tu prends des vacances, toi ? On n'est pas bien, ici, tous les trois ?

Imperturbable, je continue de préparer ses bagages :

- une valise pour sa mère,

- une valise pour la famille d'accueil relais,

- une valise pour la colonie.

Finalement, à la fin de la journée, exténuée, je finis par me demander également pourquoi je prends des congés…

Deux cent quatre-vingt-cinq jours…
moins deux-cent-trente-neuf jours !

Dimanche 3 avril 2022

— Mamaan, mais c'est quoi, ça ?

SMS scandalisé de Fille Chérie.

— Ça ? Mais c'est toi. Quand tu étais dans mon ventre.

— Mais enfin maman, c'est pas possible, on ne voit strictement rien ! se lamente-t-elle.

Derrière l'écran de mon téléphone, je ris doucement. C'est sûr que l'échographie que je viens de lui envoyer n'a absolument rien de comparable avec les siennes. On voit un vague nuage brumeux, pigmenté de petits points noirs, qui ressemble plus à une nébuleuse interstellaire qu'à un fœtus.

— Et là, tu vois, j'en étais à mon neuvième mois. Regarde la date en bas du cliché.

Fille Chérie est estomaquée. Il est vrai que cette échographie a l'âge de Fille Chérie, mais il faut toutefois admettre que ce cliché est de bien piètre qualité, même s'il n'a pas tant vieilli que cela, protégé qu'il l'était dans mon album photos.

C'est ce que l'on appelle, je crois bien, le fossé des générations.

Gendre Idéal est persuadé que Petit Bébé va naître très bientôt. Il le dit, l'affirme, et le clame haut et fort à qui veut l'entendre, et Fille Chérie a relayé l'information sur son Facebook. Mais il est hors de question que Petit Bébé joue les invités surprise la semaine prochaine ! Je suis surbookée, j'ai des rendez-vous qui s'amoncellent, pare-chocs contre pare-chocs, comme les voitures, un quinze août sur l'autoroute, alors, non, il n'est absolument pas envisageable que Petit Bébé pointe le bout de son nez dans notre monde. Pas encore, car je n'aurai pas le temps de gérer, en plus, l'accouchement de Fille Chérie. D'ailleurs, je le lui fais bien savoir :

— Garde ton gosse à la maison, ne le laisse pas sortir, je ne suis pas prête.

Smiley hilare de Fille Chérie en retour. Suivi dans la foulée de celui de Belle-Maman Adorable qui est tout à fait d'accord avec moi. C'est vrai quoi, il faut un temps pour tout, et même si j'ai affirmé le contraire il y a quelques jours, nous, les mamies, ne sommes pas encore prêtes. Alors Petit Bébé attendra sagement la permission de venir au monde. Après tout, les gosses, ça s'éduque ~~dès~~ avant la naissance.

Deux cent quatre-vingt-cinq jours…
moins deux-cent-quarante jours !

Lundi 4 avril 2022

Houla la que j'ai mal dormi ! Et voilà, il fallait bien s'en douter, Gendre Idéal m'a mis la tête à l'envers avec ses idées loufoques de naissance avant terme. J'ai passé toute la nuit à cogiter et à me faire des films en technicolor, alors que j'aurais largement préféré les avoir en noir et blanc.

Il n'y a pas de maternité là où nous habitons. L'une des principales joies de la campagne, outre le pépiement des petits oiseaux dans les arbres et les figures acrobatiques des écureuils, c'est la désertification médicale.

- Un dentiste ? Vingt kilomètres pour en avoir un et un carnet de rendez-vous de ministre.

- Un ophtalmologue ? Quarante kilomètres avec un agenda digne d'un président de la République.

- Un spécialiste à la pointe de la technologie moderne ? Aucune chance de décrocher un rendez-vous. Peut-être même pas pour la reine d'Angleterre, d'ailleurs.

Alors, un accouchement… c'est quarante kilomètres, avec une demi-certitude d'être prise en charge… s'il n'y a aucune complication. Sinon la maternité qui gère les situations de crise, c'est soixante kilomètres, et au bas mot, une heure de route, sur de mauvaises routes bucoliques.

Avec tous les ennuis que nous a causés Petit Bébé jusqu'à présent, et notre légendaire poisse, cela ne m'étonnerait pas que Fille Chérie soit obligée d'aller à la maternité de la dernière chance. Et du coup, cette nuit, je me suis fait des scénarios dignes des meilleurs films d'Alfred Hitchcock !

J'ai imaginé Fille Chérie, les premières douleurs survenant en pleine nuit. J'ai vu Gendre Idéal, en panique complète, sortir sa voiture, installer Fille Chérie à ses côtés, le plus confortablement qu'il le pouvait, et prendre la route, par une nuit sans lune, tandis que des bourrasques de vent faisaient trembler la petite automobile et qu'une pluie glaciale, pire que les chutes du Niagara cinglait le pare-brise, empêchant toute visibilité. Et sur les routes chaotiques, à chaque sursaut du véhicule, Petit Bébé bondissant comme un cabri dans le ventre déjà douloureux de Fille Chérie, qui glapit :

— Doucement ! Va doucement, ça fait mal !

Gendre Idéal fait de son mieux, mais la route est en tellement mauvais état qu'il ne peut empêcher la voiture de faire du gymkhana sur l'asphalte mouillée jusqu'au moment où… la voiture part en aquaplaning et finit sa course dans un arbre. Le choc est tellement violent que Petit Bébé décide de sortir sans plus attendre de son écrin protecteur. Et Fille Chérie qui hurle… qui hurle…

L'effroi saisi Gendre Idéal à la gorge et serre, serre tellement qu'il n'arrive plus à respirer. Tout en essayant d'apaiser Fille Chérie, les mains tremblantes, il compose le numéro d'urgence en priant pour que les secours arrivent au plus vite. Mais… rien !

Ah oui, je n'ai pas dit, mais dans nos campagnes, outre la désertification médicale, il y a également la terrible absence de la téléphonie mobile. Au XXIe siècle où l'on ne parle que de 5 G et plus, par chez nous, si on arrive à capter la 3 G, c'est déjà un exploit olympique.

… Pas de réseau. Gendre Idéal, malgré la pluie battante, monte sur le capot de sa vieille 308 Peugeot. Des fois, cela fonctionne. Pas cette fois-ci. Malgré les cris de Fille Chérie qui le supplie de ne pas l'abandonner, il s'éloigne, gravit une petite colline, danse sur un pied, lève un bras, puis l'autre, sans plus de succès.

Pendant ce temps-là, Fille Chérie est obligée de se débrouiller toute seule pour accueillir au mieux Petit Bébé. Seulement, cela se passe mal, car Petit Bébé est engagé par le siège. Fille Chérie brame, crie, appelle à l'aide, tandis que la pluie, teintée de rouge, emporte, dans sa cavale, le sang de Fille Chérie et de Petit Bébé en de larges rivières pourpres.

Plus personne ne bouge. Ni Fille Chérie, ni Petit Bébé. Sont-ils… ?

C'est à ce moment-là précis, que le Dieu de la Miséricorde décide d'achever mon calvaire. Le réveil sonne, me tirant de cet affreux cauchemar.

Bon sang que j'ai bien mal dormi !

Deux cent quatre-vingt-cinq jours…
moins deux-cent-quarante-et-un jours !

Mardi 5 avril 2022

Ours d'Amour ronchonne. Il n'est pas content du tout. Moi non plus d'ailleurs. Jamais je n'aurais imaginé vivre la naissance de Petit Bébé ainsi spoliée. Hier, lors de son échographie du neuvième mois, la sage-femme a redit à Fille Chérie que les familles n'étaient pas les bienvenues à la maternité pour cause de covid. Le papa non plus d'ailleurs. Il sera à peine toléré, à condition qu'il montre patte blanche avec un test PCR négatif de moins de vingt-quatre heures.

Avec l'assouplissement des mesures gouvernementales ces dernières semaines, avec le port du masque qui n'est plus obligatoire, même dans les magasins, nous avions espéré que nous pourrions aller faire la connaissance de Petit Bébé à la maternité. Même pas. Fille Chérie, à un moment particulièrement délicat de sa vie de toute nouvelle maman va se retrouver toute seule. Bonjour le baby-blues !

Ours d'Amour a acheté des pellicules photos argentiques spécialement pour cet évènement, car il veut reproduire nos photos de jeunesse. Tous nos enfants ont été photographiés dès leurs premières heures dans leur petit berceau de verre, avec un appareil photo argentique puisque les numériques n'existaient pas encore. Et Ours d'Amour avait pourtant bien la ferme intention de perpétuer cette tradition. Mais apparemment cela ne va pas être possible. Ours d'Amour est donc dégoûté, moi aussi. C'est déjà très dur d'attendre pendant neuf mois la venue d'un enfant, surtout du premier, et il va nous falloir encore prolonger cette attente jusqu'à ce que Fille Chérie sorte de la maternité, sans même avoir aperçu l'ombre de Petit Bébé.

Bonjour la torture psychologique. Je n'ai pas fini d'angoisser, moi ! A moins que… et si je ressortais mon rouleau à pâtisserie ?

Deux cent quatre-vingt-cinq jours…
moins deux-cent-quarante-deux jours !

Jeudi 7 avril 2022

— Mamaaan, là tu exagères, franchement !

Tiens, Fille Chérie n'est pas contente. Et je me doute pourquoi. D'ailleurs, bingo, ma boule de cristal ne m'a pas fait défaut :

— Mais enfin, d'où tu as vu qu'on prenait les cadeaux de naissance en otage ? Il n'y a que toi qui fais ça, tu sais ?

Je réponds négligemment :

— Ah, oui… *ça*…

J'ai effectivement commandé un petit cadeau de naissance pour Mère Eternelle qui veut l'offrir en personne à Petit Bébé quand il sera là. Du coup, je l'ai fait livrer directement à la maison, mais comme je ne voulais pas que quelqu'un d'autre l'achète, j'ai indiqué sur la jolie liste de naissance de Fille Chérie que Mère Eternelle l'avait choisi. Et le résultat de s'est pas fait attendre. Pour preuve, le message râleur de Fille Chérie, auquel je réponds par un adorable petit smiley qui tourne sur lui-même.

…Morte de rire… Fille Chérie n'aura pas son cadeau avant la naissance. Il est parti rejoindre l'adorable petite baleine qui ronge son frein depuis de longs mois à présent et qui ne sortira du placard que le jour J.

Deux cent quatre-vingt-cinq jours…
moins deux-cent-quarante-quatre jours !

Vendredi 8 avril 2022

Alors là, je viens de me prendre une sacrée claque ! Une de plus. Pourquoi ? Parce que bêtement, je n'avais pas imaginé cela. Et pourtant, quoi de plus naturel ?

Fille Chérie vient de me dire qu'elle veut allaiter Petit Bébé. Je me suis trouvée toute bête, parce que comme une idiote, je n'ai pas imaginé un seul instant que Petit Bébé, un jour, téterait son sein. Pourquoi ? Parce que, malgré son ventre qui, jour après jour, s'arrondit, j'ai encore du mal à voir Fille Chérie en Future Maman. Parce qu'il me reste encore, aux tréfonds de ma mémoire, des images de Fille Chérie petite fille :

- Fille Chérie qui court après son ballon rouge en riant aux éclats,

- Fille Chérie déguisée en sorcière machiavélique au dernier Halloween de son enfance,

- Fille Chérie le nez plongé dans le grand pot de nutella dont elle raffole,

- Fille Chérie et ses premiers émois, dont elle ne m'a jamais parlé mais dont mon cœur de maman savait tout…

Le carrousel des années défile devant moi dans une joyeuse sarabande avant de s'arrêter net à aujourd'hui. Aujourd'hui où mon enfant, ma petite fille, va, dans quelques semaines donner la vie et, à son tour, allaiter son propre enfant, comme tant d'autres mamans avant elle.

C'est bête, mais à cette idée merveilleuse, je pleure.

Deux cent quatre-vingt-cinq jours…
moins deux-cent-quarante-cinq jours !

Samedi 9 avril 2022

Je n'aurais jamais cru, mais pourtant, il faut bien que je me rende à l'évidence : Fils Adoré me fait un déni de naissance. Il refuse d'intégrer le concept que sa sœur va très bientôt accoucher, car il vient de l'inviter à l'anniversaire de Petite Fille le sept mai prochain alors que théoriquement Petit Bébé doit venir au monde le lendemain. Et comme il habite à une heure et demie de route, je vois mal Fille Chérie se déplacer si loin, à son terme de grossesse. Je crois qu'il est un peu jaloux que Petit Bébé partage sa date d'anniversaire avec celle de Petite Fille. Elle ne va plus avoir la primeur. Pourtant, Fils Adoré devrait être habitué à cette bizarrerie familiale, qui a commencé avec mes parents :

- Mère Eternelle et Père de Toujours sont nés à dix-huit jours d'écart la même année, le premier et le dix-huit juillet,

- Ours d'Amour et moi-même sommes de la même année, à quatre mois d'écart seulement (et je reconnais humblement que là, nous n'avons pas vraiment fait d'effort comparé aux autres membres de la famille),

- Fils Adoré et Ours d'Amour sont nés à un seul jour d'écart : les six et sept juin,

- Fille Chérie et moi-même n'avons que deux petits jours de décalage : les vingt-huit et trente octobre,

- Fille Bien Aimée est née à trois jours de Noël le vingt et un décembre.

Alors, pourquoi en serait-il différemment pour Petit Bébé et Petite Fille ?

- Petite Fille est née un cinq mai et Petit Bébé doit arriver le 8 mai.

Il faut bien perpétrer la tradition familiale, et après tout, c'est ce que je me dis, il n'y a pas que Lincoln et Kennedy à bénéficier de coïncidences troublantes.

Deux cent quatre-vingt-cinq jours…
moins deux-cent-quarante-six jours !

Lundi 11 avril 2022

J'ai bien failli passer mon ordinateur par la fenêtre. Souris et cordon d'alimentation avec. Ce qui aurait été dommage car mon troisième roman n'aurait alors jamais vu le jour. Mais franchement, il y a de quoi. C'est sûr qu'un vol plané de la fenêtre du premier étage, le pauvre, il ne s'en serait jamais remis. Moi non plus au final, car une bonne partie de ma vie est consignée dans quelques centimètres carrés de disque dur, photos de famille comprises.

Voilà deux jours que j'essaie désespérément d'enlever le fond d'une image. Je me suis mis en tête de fabriquer un petit clipart qui séparera les paragraphes de mon roman. Mais voilà, je suis issue du siècle dernier, de l'époque des dinosaures où l'informatique n'existait pas encore. Les logiciels de traitement d'images, eux, proviennent du XXIe siècle, autant dire que pour moi, c'est comme si je devais conduire la Delorean d'Emmett Brown dans « retour vers le futur ». Pourtant, j'ai tout ce qu'il faut pour travailler. Mais allez savoir pourquoi, cette fichue image refuse obstinément de se détourer. J'ai suivi consciencieusement huit tutos en ligne, images comprises, regardé scrupuleusement six vidéos Youtube jusqu'à la dernière seconde, publicités inclues, et rien à faire. Mon fichu lasso capture bien l'image, mais dès que je le relâche il en laisse s'échapper la moitié. J'ai l'impression d'être un cow-boy à la poursuite de chevaux sauvages.

Enervée, je finis par solliciter l'aide d'Ours d'Amour qui lui, a suivi quelques tutos sur Photoshop pour ses retouches photos. Il jette à peine un regard à mon problème (qui, d'ailleurs, ne l'intéresse absolument pas) et me lance :

— Tu dois avoir un problème de calque.

Oui, ça je me doute bien que j'ai un souci quelque part. Mais cela ne solutionne absolument pas mon problème. Toujours pragmatique, il rajoute :

— Pourquoi tu t'embêtes avec ça ?

Pourquoi ?

Parce que *ça*, ce n'est pas que **ça**. ***Ça***, c'est la petite sucette que Fille Chérie et Gendre Idéal nous ont offert lors de l'annonce de l'arrivée de Petit Bébé. Alors, j'estime que ***ça,*** est tout indiqué pour figurer en première place dans mon roman.

J'envisage alors, en ultime recours, de faire appel à Fille Bien Aimée, car c'est son domaine. Mais outre le fait que je ne suis absolument pas sûre de récupérer mon image détourée dans un temps raisonnable, je ne veux pas lui mettre la puce à l'oreille et qu'elle aille raconter à sa sœur que j'écris un roman où sa sucette y occupe une large place. Sinon, je vais crouler sous les SMS de Fille Chérie, et je n'ai absolument pas l'intention de lui raconter que j'écris un livre autobiographique sur la naissance de Petit Bébé. Du moins, pas encore.

En désespoir de cause, je finis par utiliser le bon vieux système D. Je passe mon image dans un petit logiciel en ligne qui détoure les photos, sauf que la mienne en ressort toute bavante et dégoulinante, pire qu'un bouledogue qui salive devant un gros os à moëlle. Ensuite je finis le travail dans Photoshop où, miracle, la petite gomme est bien plus efficace que ce sombre lasso récalcitrant. Du coup, je me sens (presque) réconciliée avec ce logiciel.

Il n'empêche que voilà plus de deux heures que je me bats avec ma sucette, et j'ai les nerfs à fleur de peau. D'ailleurs, Ours d'Amour ne manque pas de le remarquer :

— Oh, toi, tu es énervée !

Bien sûr que je suis agacée. Et dans ces cas-là, il vaut mieux me laisser tranquille. Ours d'Amour fait donc profil bas pour ne pas subir ma mauvaise humeur.

Deux cent quatre-vingt-cinq jours…
moins deux-cent-quarante-huit jours !

Mercredi 27 avril 2022

Aujourd'hui, c'est mercredi. L'occasion rêvée de ne pas se lever dès l'aurore et de traîner un peu sans avoir à se presser. Pour une fois, je n'ai rien de prévu dans mon planning, aucun rendez-vous spécifique pour Fils de Personne, et Chatte Exclusive a eu la très bonne idée de me laisser dormir sans sauter de tout son poids sur mon estomac.

Tout en versant mon premier café de la journée dans ma tasse « chat » préférée, machinalement, j'allume mon téléphone. J'ai à peine le temps d'entrer mon code PIN, que déjà, la petite sonnerie pétillante annonçant les messages de Fille Chérie retentit :

— Maman ? Tiens-toi prête à venir t'occuper de Chatte Merveilleuse.

Quoi ? Qu'est-ce que je viens de lire, là ?

Mentalement, je calcule…

Non, non, le compte n'y est pas. Petit Bébé n'arrive pas tout de suite, quand même. Si ? Il manque encore une petite dizaine de jours. On s'était bien mis d'accord pour début mai, il me semble…

J'envoie un message à Fille Chérie :

— Gendre Idéal est avec toi ? Vous êtes partis pour la maternité ?

— Non, il est parti travailler. Mais je pense que c'est pour bientôt. J'ai mal depuis cette nuit, et j'ai des contractions.

Au diable les SMS, qui en plus ne partent pas par manque de réseau. Tant pis pour mon café qui refroidit doucement dans ma tasse. J'appelle Fille Chérie :

— Ça ne va pas ? Tu veux que je t'emmène ?

— Non, non, maman. Ne t'inquiète pas. Je n'ai pas bien dormi cette nuit, car je sentais les contractions, mais on m'a bien dit à la maternité qu'il fallait que j'attende d'avoir des contractions toutes les cinq minutes avant d'y aller.

Toutes les cinq minutes, toutes les cinq minutes. J'adore l'optimisme des médecins. Ils oublient un peu trop facilement qu'il y a plus d'une demi-heure de route pour se rendre à l'hôpital, et à mon humble avis, Fille Chérie ne doit pas attendre d'avoir des contractions aussi rapprochées pour y aller.

Finalement, à force de parlementer, Fille Chérie promet de téléphoner à sa sage-femme, afin d'avoir son avis.

Ours d'Amour tourne en rond dans la cuisine. Donne son avis. Part. Reviens. Donne un avis contraire. Retourne en rond. Repart.

Pendant ce temps-là, je téléphone aux pharmacies, car il faut un test antigénique pour Gendre Idéal, sinon il sera refusé à la maternité. Mais avoir ce test dans l'heure relève du parcours du combattant. Les pharmaciens se font tirer l'oreille. Ils en font tellement à présent, qu'ils ont instauré des créneaux horaires. Ce qui ne fait absolument pas notre affaire. Finalement, je finis par décrocher un rendez-vous au pied levé. Ouf, Gendre Idéal pourra, en cas de besoin, accompagner Fille Chérie dans cette grande aventure.

C'est alors que je reçois un nouveau message de Fille Chérie :

— Maman ? Tu peux m'emmener à mon rendez-vous chez la sage-femme ? Je dois y être dans moins d'une heure, mais je ne me sens pas de conduire.

— Bien sûr !

Laissant tout en plan : Ours d'Amour, Fils de Personne et Chatte Exclusive, je saute dans ma voiture.

Ours d'Amour, dans un état second, me regarde partir précipitamment, tandis que Fils de Personne, dans sa chambre, continue à écouter sa radio à tue-tête, tout en lançant son doudou inlassablement, du sol au plafond. Chatte Exclusive, qui n'a pas eu son rituel matinal me regarde, perplexe :

— Quoi ? Tu t'en vas ? Là, tout de suite ? Et ma promenade, alors ?

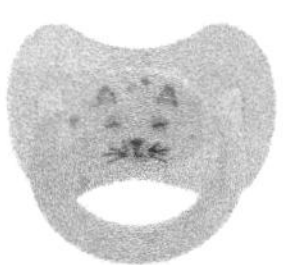

Fille Chérie est retournée chez elle. Malgré les contractions, Petit Bébé ne va pas venir tout de suite, et elle a grand besoin de se reposer, car, le moins qu'on puisse dire, c'est que Petit Bébé fait une java de tous les diables tant il est impatient de pointer un petit nez curieux sur notre drôle de monde.

Vers les dix-huit heures, mon téléphone sonne :

— Maman, on part pour la maternité.

Ça y est. Le moment tant attendu et tant redouté est arrivé. Tout en muselant l'angoisse que je sens monter, je réponds :

— Tu nous donnes des nouvelles, hein ?

Fille Chérie tient parole. Une petite heure plus tard, je reçois un nouveau message :

— Maman, c'est formidable, j'ai la salle nature, il n'y a personne.

Je suis contente pour elle. Depuis le temps qu'elle m'en parle, de cette salle nature. J'envoie un message au reste de la famille pour avertir de l'arrivée prochaine de Petit Bébé. Fils Adoré, comme à son habitude me répond d'un :

— Ah…

laconique, tandis que Fille Bien Aimée et Mère Eternelle m'interrogent sans relâche. J'ai l'impression d'être plongée dans un épisode de « questions pour un champion ».

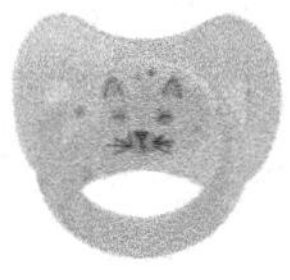

A vingt et une heure, je reçois un nouveau message de Fille Chérie :

— Maman, on rentre.

Quoi ? Mais comment ça, ils rentrent ? Et Petit Bébé, alors ?

— Oui, ce n'est pas pour tout de suite. Ce n'est pas la peine qu'on reste. On verra demain.

Et flûte. Moi qui avais réussi à dompter mon inquiétude tout en réprimant ma frayeur, et qui en était fière, il va falloir tout recommencer.

Je fais donc le travail en sens inverse, et averti le reste de la troupe :

— Fausse alerte. Ce n'est pas pour tout de suite.

Toujours autant expansif Fils Adoré résume la situation en un seul mot :

— Ah…

Deux cent quatre-vingt-cinq jours…
moins deux-cent-soixante jours !

Jeudi 28 avril 2022

Dans la nuit…

Un mouton. Deux moutons. Trois moutons. A vingt-huit mille trente-sept, j'arrête de compter et je passe aux brebis. A dix-sept mille dix-neuf, lasse d'inventorier les ovins, je passe aux équidés. Sans plus de succès. De saut de haies en cross country j'épuise plusieurs troupeaux avant de me décourager, sans que le sommeil n'arrive.

Comment va Fille Chérie ? Comment passe t'elle la nuit ? Petit Bébé va-t-il arriver entre matines et laudes[11] ? Ou bien va-t-il attendre sagement une heure plus conventionnelle ?

J'ai le temps d'inventer une dizaine de recettes de cuisine, de redécorer mentalement mon salon et d'imaginer trois romans à venir avant que Morphée, enfin compatissant, m'emporte dans ses bras vers les rivages libérateurs des songes.

---

[11] Matines : vers minuit / Laudes : à l'aurore

Vers midi, Petit Bébé n'est toujours pas là. Nous sommes passés avec Ours d'Amour voir Fille Chérie et Gendre Idéal. Ils sont tous deux fatigués par cette longue attente. Mais nous leur avons apporté de quoi leur remonter le moral : l'adorable petite baleine que je gardais jalousement jusqu'à la naissance de Petit Bébé.

Comme les visites à la maternité sont interdites pour cause de covid, j'ai fait une exception et offert le cadeau de Petit Bébé un peu en avance. Au moins, il en profitera un peu.

Vers seize heures, je reçois un nouveau message :

— Maman, on part…

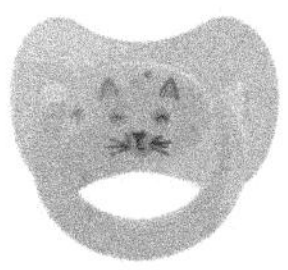

A vingt-deux heures, le SMS angoissant de Gendre Idéal me percute de plein fouet :

— C'est pour cette nuit. Au plus tard pour demain matin…

Deux cent quatre-vingt-cinq jours…
moins deux-cent-soixante-cinq jours !

Vendredi 29 avril 2022

Criminel. C'est criminel !

Mes jolis ongles qui venaient à peine de se refaire une santé ont été fusillés par une rafale de dents vengeresses, en moins d'une minute. Je sais, je n'aurais pas dû, mais je n'ai pas pu. La mort de mes ongles était annoncée à l'instant même où j'ai reçu, hier soir le message Gendre Idéal.

La nuit, noire et angoissante s'est déroulée à la vitesse d'un film au ralenti. J'ai compté chaque seconde, dénombré chaque minute et énuméré chaque heure.

Dans le noir, seule avec mes pensées, pendant que Fille Chérie donnait naissance à Petit Bébé, j'ai revécu la venue au monde de mes trois enfants. J'ai ranimé mes plus lointains souvenirs, qui, à mon appel, ont accouru comme s'ils attendaient, derrière la porte, l'autorisation d'entrer de nouveau dans mon quotidien.

Belle-Maman Adorable et Mère Eternelle n'ont guère mieux dormi que moi, à l'affût qu'elles étaient de la naissance prochaine de Petit Bébé.

Chaque femme qui donne la vie accompli un très long chemin. A chaque détour, il y a des doutes, des joies, des espoirs et de la souffrance. Et malgré tout l'entourage familial dont elle peut bénéficier, ce chemin, elle ne peut que l'accomplir seule. Mais au bout de la route éclot la plus belle des roses, née dans le jardin de l'amour.

Et ce matin, à deux heures et seize minutes très précisément, Fille Chérie a donné naissance à la plus belle des étoiles : un adorable petit garçon. A la minute même où il poussait son premier cri, toute sa souffrance des dernières heures s'est envolée. Le plus joli des papillons a ouvert ses ailes de lumière pour faire place à une nouvelle maman…

Deux cent quatre-vingt-cinq jours…
Moins…eh bien… tiens ? moins zéro !

Chère(s) lectrice(s), merveilleux lecteur(s),

Vous voici arrivés à la fin de mes galères. Comme vous avez pu le constater, ces neuf mois n'ont pas été de tout repos. Mais ma vie est ainsi faite : toujours un ennui sous le coude et une embrouille sur le feu. Ma famille fonctionne comme cela depuis la nuit des temps, et, ma foi, l'âge venant, j'en arrive même à relativiser et à aborder chaque situation avec plus (ou moins) de sérénité.

Lorsque ma fille m'a appris qu'elle attendait son premier bébé, bien sûr, j'ai été folle de joie. Et puis j'ai voulu marquer cette relation particulière mère/fille qui unit chaque maman avec chacune de ses filles dans ces moments si particuliers, d'une façon originale. Depuis toujours j'écris des histoires, issues de ma plus pure imagination. Alors, pourquoi, pour une fois, ne pas raconter ma propre histoire, cette fois-ci bien ancrée dans la réalité ?

Au début, j'ai eu des doutes. Ce n'était pas moi qui attendais un bébé. Alors, que pourrais-je bien raconter ? Je ne sentirai pas ce bébé grandir en moi comme cela a été le cas avec mes propres enfants. Je n'aurai pas ces angoisses ressenties par toute jeune maman durant ces neuf mois de doute et d'émerveillement. Je ne serais qu'une grand-mère passive, avec pas grand-chose à exprimer. Puis je me suis demandé pourquoi une grand-mère (ou un grand-père) aurait moins de choses à dire qu'une future maman dans l'attente de son premier enfant. Pourquoi une mamie n'aurait-elle pas, elle aussi, des choses à relater avec sa propre vision des évènements ?

J'attends un enfant… mais il n'y a pas que les parents à guetter l'arrivée d'un bébé. Il y a tout le staff familial qui, en arrière-plan vit également ce grand évènement, avec non moins d'intensité. D'une façon différente, certes, mais tout aussi importante.

Alors je me suis assise derrière mon ordinateur, j'ai ouvert mon traitement de texte et j'ai commencé à écrire ma première page. Puis ma seconde. Et ma troisième. Et au fur et à mesure que les mots s'amoncelaient en lignes, puis en pages et enfin en chapitres, je me suis aperçue que je ne connaîtrai pas l'angoisse de la page blanche. Il y avait tant à dire. Tant à conter. Tant de messages à faire passer. Tant de souvenirs, bons ou mauvais à confier à ces pages qui, très vite, se sont noircies comme le vol des étourneaux obscurcit le ciel les jours de printemps.

Mais raconter sa propre histoire n'est pas un exercice aisé. Du moins pour moi. Si j'aime écrire des livres, ils ne m'impliquent jamais personnellement, et surtout, les mises en situation ne sont pas réelles. Alors, comment aborder cet exercice d'un tout nouveau style ? J'ai toujours écrit mes romans à la troisième personne du singulier et au passé simple, car c'est un style d'écriture qui m'est propre. Il me permet de visualiser mes personnages, de les mettre en situation, et de les détacher du contexte, afin qu'une histoire reste une histoire. C'est pourquoi je ne me voyais pas passer brutalement à l'emploi du « je ». Je n'imaginais pas écrire :

— Ma fille a fait… mon mari a dit… mon fils a pensé que…

Eh oui, j'ai eu pitié de vous, chère(s) lectrice(s) et cher(s) lecteur(s), qui entriez dans ma vie par la petite porte. Je n'ai pas voulu vous imposer ma famille d'une façon trop magistrale afin que vous ne vous sentiez pas englués dans un style trop personnel, peut-être même ennuyeux. Alors j'ai eu l'idée de vous raconter mon histoire, celle de mes enfants, celle de ma famille, d'une manière un peu moins conventionnelle, voire peut-être un peu baroque. D'une façon qui vous a probablement désarçonné(es) au début de votre lecture. Mais j'espère que, au fil des pages, vous avez réussi à vous approprier ce style d'écriture un peu particulier, et à faire vôtres les pseudonymes que j'ai attribués à chaque membre de ma famille. Car, convenons-en, tout comme moi, vous avez participé en avant-première à cette naissance. Je vous ai livré une bonne partie de mes angoisses et vous faites à présent un peu partie de la famille.

Je l'ai voulu ainsi, en laissant également entrer une bonne part d'humour, car, que serait la Vie sans une petite dose de bonne humeur ? C'est un pari que j'ai pris avec vous. Ce sera à vous de me dire si c'est un pari gagnant qui a su faire écho dans votre cœur, ou, au contraire, si cela a été un flop qui vous a fait refermer ce livre avant la fin. Auquel cas, vous aurez abandonné ce livre beaucoup trop tôt. À mon sens, cela aurait été dommage, car vous n'aurez alors pas eu l'occasion de lire ces quelques lignes.

Ma vie est un vaudeville. Il y a toujours des coups de cœur, des coups de gueule, des rires et des larmes. Et comme dans toute comédie de boulevard, je ne m'y ennuie pas. Je n'en ai pas le temps, car il y a toujours un accroc par-ci, un contretemps par-là, et une complication qui déboule comme un chien dans un jeu de quilles. Le temps passe et ma vie défile à la vitesse d'une comète zébrant le ciel étoilé.

Aussi, comme dans toute bonne pièce de théâtre qui se respecte, avant de refermer le rideau à la fin de la représentation, laissez-moi vous présenter les merveilleux acteurs de ma vie quotidienne. Ceux sans qui je n'existerais pas. Ceux, sans qui je sombrerais dans un morne quotidien sans rebondissements. Ceux qui sont les bulles de mon champagne : gaies et pétillantes, mais qui, parfois, me font monter les larmes aux yeux :

Dans le rôle de :

↳ **Fille Chérie,**
La lumineuse, la merveilleuse, la féerique ➤ **Maëva**

↳ **Fille Bien Aimée,**
La talentueuse, la pétillante, la poétique ➤ **Leslie**

↳ **Fils Adoré,**
L'époustouflant, l'épastrouillant, l'étourdissant ➤ **Sébastien**

↳ **Ours d'Amour,**
L'indispensable, l'inégalable, l'incomparable, ➤ **Patrick**

↳ **Petite Fille,**
La remarquable, la magistrale, l'étonnante ➤ **Lily-Rose**

↳ **Mère Eternelle,**
L'intemporelle, l'éblouissante, la fascinante ➤ **Geneviève**

Du côté de ma belle-famille, dans le rôle de :

↳ **Gendre Idéal,**
Le rayonnant, le flamboyant, l'épatant ➤ **Anthony**

↳ **Belle-Maman Adorable,**
L'étincelante, l'éclatante, l'étonnante ➤ **Carole**

↳ **Grand Garçon,**
Le coruscant, le brillant, le scintillant ➤ **Ewan**

Et dans les rôles secondaires, mais oh, combien, non moins principaux :

↳ Chatte Exclusive, ***la Némésis des Criquets***,
la mirobolante, l'incroyable, l'effroyable…
➤ **Chatouille** (*dite « Chatouille la Fripouille*)

↳ Chatte Merveilleuse, ***la Panthère Noire du Sud***,
la fantastique, la sublime, l'extraordinaire…
➤ **Naya** (*dite « la Princesse aux yeux d'émeraude »)*

↳ Chat **Craintif**, ***l'Attila des Souris***,
le stupéfiant, le phénoménal, le prodigieux…
➤ **Peluche** (*dit « Peluchon »)*

➾ Petit Papy, ***le Doc Gynéco des félins***,
le charmant, l'inoubliable, le magnifique…
➤ **Pantoufle** (*dit « Titouffe le Magnifique »)*

➾ Petit Renard, ***le Rintintin des steppes***, le nitescent, le fracassant, le pimpant…
➤ **Râma** (*dit « Le Scooby Doo des campagnes »)*

➾ Fils de Personne,
Le remarquable, le fulgurant, le fougueux
➤ **Kiki la Balafre**

Et comme dans toute bonne pièce de théâtre qui se respecte, où l'on ne présente la grande vedette qu'à la fin :

↳ Dans le rôle de Petit Bébé :

- ***La perle de la Création,***
- ***Le joyau de la Galaxie,***
- ***Le diamant de l'Univers***

➤Le merveilleux,

➤Le pharaonique,

➤Le sublissime

L I A M !

Et voilà. L'ère de la création du monde a rejoint l'époque des dinosaures qui elle-même a fusionné avec le nouveau millénaire : une nouvelle maman est née. Comme tant d'autres avant elle, et comme plus encore après, durant ces neuf mois, il y a eu de la joie, de l'espoir, des doutes et de la souffrance. Toute cette alchimie d'émotions a mijoté tout doucement au fourneau de la vie pour donner naissance à un petit être et à deux nouveaux parents, qui suivront leur route, vers un avenir que je leur souhaite joyeux et tout enluminé des roses rouges de l'amour.

A toutes les mamans et futures mamans du monde et à toute leur famille. Donner la vie est une aventure de tous les jours, mais la plus belle qui soit.

Catherine Lavaud

Mai 2022

Un mot sur l'auteure

Je suis née à deux pas du Paradis[12], baignée par "la part des Anges"[13], dans l'ancien fief du roi François 1er, une petite ville du sud-ouest de la France fort renommée pour sa boisson : Cognac. Et puis les nécessités de l'existence m'ont porté de leurs ailes puissantes vers un pays inconnu : La Provence. J'y ai posé mes valises depuis vingt ans à présent et y ai retrouvé le pays magique de mon enfance. Les contes et histoires extraordinaires ont bercé ma jeunesse, et je chevauchais en compagnie d'Alphonse Daudet et de sa mule, je m'émerveillais des récits de Marcel Pagnol au gré des cigales, et je rêvais devant les contes gourmands de Roumanille, sans imaginer qu'un jour, j'aurai le bonheur de vivre entre les pages de leurs livres.

Au contact de cette terre de lumière, les personnages de mon enfance, qui s'étaient endormis, se sont réveillés et sont venus hanter mes pensées : à chaque fois que je passais dans un endroit pittoresque

---

[12] « Le Paradis » est le nom donné au chai de vieillissement des fûts de cognac dans le Château Otard (château de naissance du Roi François 1er) à Cognac

[13] « La part des anges » est la partie du volume du cognac qui s'évapore durant son vieillissement en fût de chêne

ou que je musardais dans un lieu bucolique, des personnages prenaient vie et exigeaient d'être racontés.

Au début, je gardais jalousement mes récits pour moi, comme le dragon son trésor. Et puis mes personnages ont certainement trouvé que j'étais un peu trop mère poule, et ils se sont mis à provoquer les évènements : le soleil se faisait boudeur ? Tiens, cela me rappelait l'histoire de "la disparition du soleil", et pour dérider mes enfants, je la leur racontais. Et bien entendu, comme les arbres chuchotent leurs secrets les soirs de mistral, à leur tour, ils racontèrent mes histoires. C'est ainsi que mes récits, portés par les vents de l'espérance, sont allés jouer dans des concours littéraires et ont remporté des premiers prix… Et je me suis dit qu'il y avait peut-être dans mes textes une petite flamme de poésie qui danse avec les mots et qui ne demande qu'à grandir.

C'est ainsi qu'emportée par un tourbillon de folie, j'ai écrit mes premiers livres…

Vous avez aimé ce roman ?

N'hésitez pas à laisser votre évaluation sur vos réseaux sociaux et/ou vos sites marchands, car, chers lecteurs, vos avis sont très importants pour que vivent mes histoires. Sans commentaires, négatifs comme positifs, mes personnages n'existent pas, et c'est vraiment grâce à vous qu'ils peuvent naître et grandir.

Quelques lignes, ou même simplement quelques mots auront une très forte influence sur la vie future de mes écrits. Car en partageant vos retours de lecture sur les sites marchands et autres plateformes littéraires, en donnant votre avis, en en discutant autour de vous, d'autres lecteurs s'y intéresseront, les découvriront, puis en parleront à leur tour.

Grâce à vous tous, vos commentaires, portés sur les ailes des vents littéraires murmureront vos messages et c'est ainsi que mes récits voyageront de maison en maison, de livres en liseuses et que mes histoires prendront vie pour l'éternité.

Et pour cela : MILLE MERCIS !

⇨ Le saviez-vous ?

Vous pouvez tout à fait laisser un commentaire sur Amazon, même sans y avoir acheté le livre. Pour cela, il vous suffit de vous rendre sur la page du livre, de cliquer sur les petites étoiles affichant le nombre de commentaires déjà publiés, puis de descendre en bas de la page. Sur votre gauche vous avez « ajoutez un commentaire »... c'est à vous de jouer.

Mes histoires vous intéressent ? Vous voulez me suivre ?…

Afin de vous tenir informé de mes actualités, inscrivez-vous gratuitement à ma newsletter et recevez, tout au long de l'année des bonus et des nouvelles gratuites.

(lien de désinscription au bas de chaque newsletter)

⇨ Rendez-vous sur mon site internet :

www.catherine-lavaud.fr

visitez mon site internet

De la même auteure

- **Une ficelle pour Noël**
  Une jolie nouvelle en attendant le père Noël
  Independently published– octobre 2023

- **La fabuleuse histoire de Mélissa Carter,**
  Influenceuse de génie
  CL Editions – août 2023

- **Les étoiles danseront pour toi**
  CL Editions – octobre 2022
  ☆☆☆ **Finaliste du prix des étoiles Librinova** ☆☆☆

  (première édition : Editions Librinova – octobre 2020)

- **Ennuis, embrouilles et compagnie**
  Un road trip entre chocolatine et pastis
  CL Editions – janvier 2022

  (première édition sous le titre «*Tête de Grole* » Éditions Librinova – janvier 2020)

- **Contes de mon village**
  Editions Dédicaces – janvier 2011

☆ En collectif :

- Contes et danses de Provence
  Association Culture et langue d'oc - 2011

- Récits de Nyons
  Paroles sous l'olivier
  Association Culture et langue d'oc – 2009

- De Mirabel à Piegon
  Récits des baronnies provençales
  Association Culture et langue d'oc - 2008

Contacter l'auteure

mesmotsenheritage@gmx.fr

www.catherine-lavaud.fr

Instagram : @catherinelavaud.auteure

Twitter : AuteureLavaud

Facebook : Catherine Lavaud auteure

Babelio : CatherineLavaud

Contacter la modèle de la couverture :

Facebook : Maëva L. Modèle

Instagram : @maevaalvd

Si ce roman vous a plu
découvrez également :

Les étoiles danseront pour toi
Une belle aventure humaine
et un pur moment d'émotion

Sur les traces de Marcel Pagnol et d'Alphonse Daudet... *Une belle leçon de vie pleine de douceur et de sensibilité.*

Embarquez pour un voyage fantastique en plein cœur de la Provence aux côtés d'une petite fille extraordinaire, voire solaire. Au travers des thèmes forts comme la résilience, l'amour, l'espoir et la quête de soi, découvrez les merveilleux paysages provençaux comme si vous y étiez.

Si vous aimez les romans captivants et émouvants qui réveillent l'enfant qui sommeille toujours en vous, "Les étoiles danseront pour toi" est le livre qu'il vous faut. Un récit touchant et sincère qui célèbre les rêves, l'amitié et l'espoir, au cœur de paysages provençaux à couper le souffle.

<u>Résumé</u> :

Miia est Finlandaise. À sept ans, elle adore lire, car les histoires lui ouvrent les portes d'un monde fantastique qui lui permet d'oublier, l'espace d'un instant, la maladie contre laquelle elle lutte depuis déjà de longues années. Dans ses livres de contes, elle a découvert un pays extraordinaire : la Provence. Elle s'est persuadée que si elle parcourait le Garlaban à la recherche de la fée Esterelle, qui ne court qu'à la pointe des montagnes, elle trouverait le moyen de guérir définitivement. Mais comment entamer un tel périple quand on n'est qu'une toute petite fille ?

Découvrez gratuitement un des chapitres du livres en flashant le code QR ou en tapant l'adresse ci-dessous dans votre ordinateur.

Téléchargez 1 chapitre
"les étoiles danseront pour toi"

https://catherinelavaudauteure.systeme.io/6dd4a178

Errare humanum est

Malgré tout le soin apporté à la conception de cet ouvrage, il se peut qu'une petite coquille typographique ou orthographique se soit glissée entre ces pages.

Si tel était le cas, je vous prie par avance de bien vouloir m'en excuser, et vous serais à jamais reconnaissante de me le signaler en écrivant à :

catherinelavaudauteure@yahoo.com

Table des matières

ISBN : 978-2-9580753-3-0

www.ingramcontent.com/pod-product-compliance
Lightning Source LLC
LaVergne TN
LVHW010052170826
845678LV00012B/2117

* 9 7 8 2 9 5 8 0 7 5 3 3 0 *